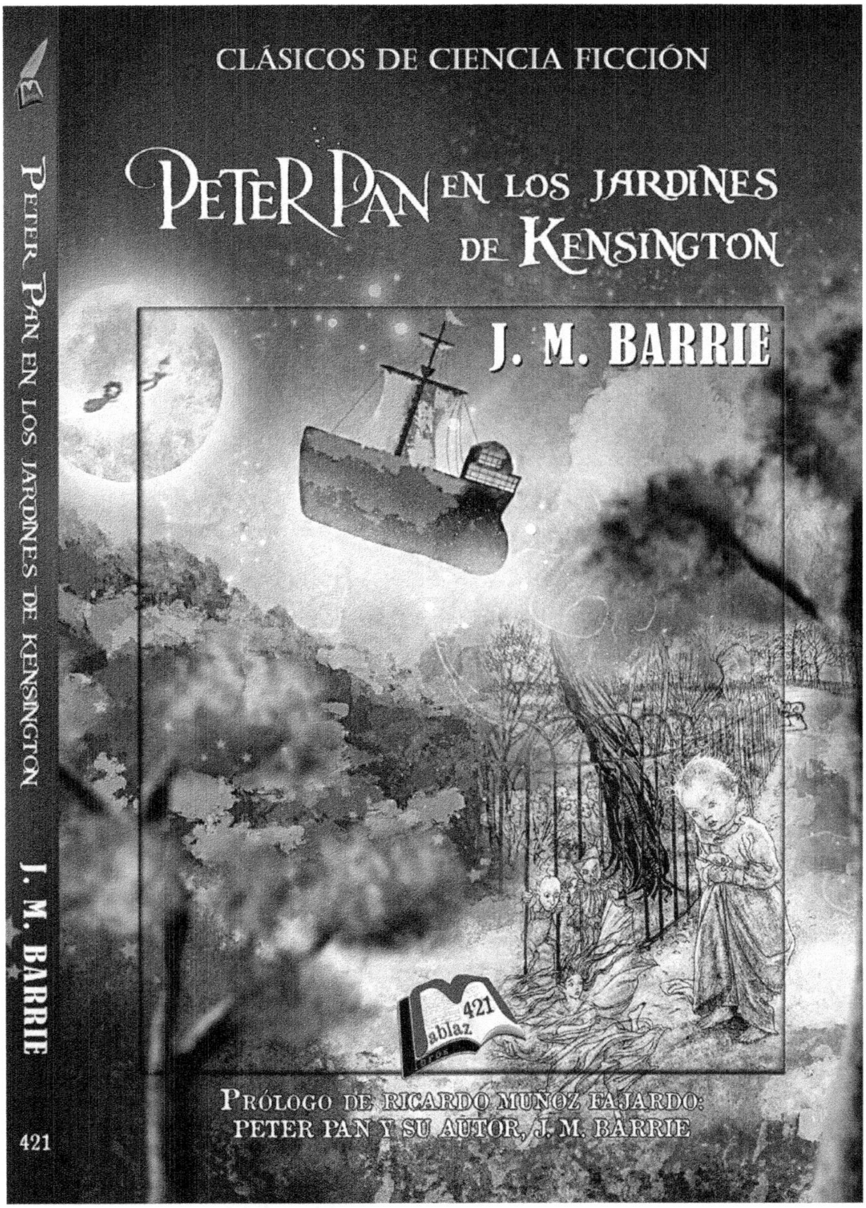

CLÁSICOS DE CIENCIA FICCIÓN

PETER PAN EN LOS JARDINES DE KENSINGTON

J. M. BARRIE

PRÓLOGO DE RICARDO MUÑOZ FAJARDO:
PETER PAN Y SU AUTOR, J. M. BARRIE

PETER PAN EN LOS JARDINES DE KENSINGTON

J. M. BARRIE

421

Ciencia Ficción y Fantasía - 154

Peter Pan en los jardines de Kensington
Primera Edición, octubrede 2025

© Libros Mablaz, Madrid, 2025
www.librosmablaz.com

© De esta edición, Libros Mablaz

blogs:
Editorial Libros Mablaz
http://editoriallibrosmablazycienciaficcion.blogspot.com.es/
Ciencia ficción y fantasía en Libros Mablaz:
http://mablazlibros.blogspot.com.es/
Librería en Todocolección:
**https://www.todocoleccion.net/s/catalogo?identificadorvende
dor=LibrosMablaz**

Diseño de cubiertas: Mari Carmen López

ISBN: 979-13-990941-7-6
Depósito Legal: M-21830-2025

LIBROS MABLAZ - 421

Peter Pan en los jardines de Kensington

La primera aparición de Peter Pan antes del famoso libro de sus andanzas

J. M. Barrie

Peter Pan
in Kensington Gardens

By J. M. Barrie

Illustrated by Arthur Rackham

Prólogo: Peter Pan y su autor, J. M. Barrie

Empecemos de forma inversa a lo que indica el título y trataremos en primer lugar sobre James Matthew Barrie (1860-1937), que simplificó su forma de darse a conocer como autor literario con el simplificado nombre de J. M. Barrie.

Pero lo haremos ciñéndonos a los hechos que influyeron en su carrera literaria. Barrie fue el noveno hijo de diez de sus padres, escoceses que ahora se calificarían como pertenecientes a la clase media. El segundo de los vástagos, David, falleció a los trece años por un accidente que sufrió mientras patinaba.

La muerte de David produjo una profunda depresión en su madre, por lo que James hizo una especie de ofrecimiento de sí mismo a ella, como un reemplazo del vástago difunto. El trabajo de James con su progenitora fue fortaleciendo los lazos entre ambos, sobre todo porque tanto tiempo de conversaciones entre los dos, que muchas veces desembocaban en una permuta de cuentos y relatos, imaginados por parte del hijo y basados en el pasado familiar y de la localidad donde vivían y el mismo escritor había nacido, Kirriemuir, en Escocia, narrados por la madre.

Además, ambos coincidían en sus gustos literarios, sobre todo por su veneración por los libros *Robinson Crusoe*, la famosísima novela escrita por Daniel Defoe (1719) y *El progreso del peregrino desde este mundo al venidero, mostrado como un sueño, de John Bunyan* (1678), hasta que llegó el momento en que la madre le pidió a su hijo que escribiera los relatos que la contaba.

Barrie tuvo una dilatada carrera como escritor, aunque prácticamente es conocido universalmente por la creación del personaje de Peter Pan.

Peter Pan está inspirado en los hermanos Llewelyn Davies. Esta familia estaba compuesta por los padres, Arthur y Silvia, y sus cinco vástagos, George, John o Jack, Peter, Michael y Nicholas o Nico.

Barrie empezó conociendo a dos de estos, George y Jack, acompañados siempre con su niñera, cuando paseaba a su perro en los jardines de Kensington de Londres y al que solían acudir también los críos.

Más adelante, de forma casual durante una cena compartida, conoció a Sylvia, hubo buenas sensaciones entre ambos, comentó el escritor que ya conocía a dos de sus hijos, y acabó haciéndose muy amiga de la familia. El padre, Peter, falleció en 1907, momento en que Barrie se hizo cargo, tanto económicamente como ejerciendo la figura de un segundo padre. Intimó con Sylvia, nunca en el sentido sentimental pero sí como amigos unidos por una estrecha amistad.

Sylvia murió tres años después de su marido, como consecuencia de un cáncer, y, amparándose en el testamento escrito por esta, en el que dispuso que la educación de su prole debería estar a cargo de dos de sus hermanos y también de Barrie, que se las apañó para hacerse cargo de los niños con la ayuda de la niñera de siempre de los Llewelyn Davies, una presencia que Sylvia exigió en la redacción de sus últimas voluntades.

Influenciado por esta experiencia vital, por

sus paseos por los jardines de Kensington en compañía de los hijos Llewelyn Davies, a los que crio sin nunca llegar a adoptarlos formalmente.

Durante esas caminatas con los críos, sobre todo con los más pequeños, Barrie les contaba cuentos de hadas y, en las estancias de su domicilio, hacía representaciones de esas historias que volvían locos a los niños.

De aquí viene la creación del personaje de Peter Pan, del que hablaremos de inmediato, pero no antes sin hacer mención de las sospechas que la actitud de Barrie hacia los hijos Llewelyn Davies se debía a unas supuestas inclinaciones pedófilas del escritor, circunstancia negada por la mayoría de los estudiosos del autor y su obra, al no existir ninguna prueba sobre ello ni ninguna mención de los niños ya convertidos en adultos sobre ese particular. Los argumentos en decir que sí lo era provienen de algunos párrafos de la obra de Barrie *El pajarito blanco*, además del hecho de que el escritor nunca quisiera adoptar a la prole Llewelyn Davies para convertirlos en hijos propios.

Peter Pan alcanzó el culmen del reconocimiento universal cuando Barrie escribió la obra de teatro *Peter Pan y Wendy*, representada con gran éxito en escena en el año 1904, hecho novela por él mismo en 1911.

Pero esta aparición estelar del niño que no quería crecer no sería la primera vez que fue presentada por escrito por Barrie. En la novela ya citada, *El pajarito blanco* (1901 o 1902, según las fuentes), donde sí que es cierto que el personaje no tiene el carácter de protagonista, aunque ya se dibujan en ella las características de lo que va a ser el mundo de Peter Pan, puesto que la historia transcurre por el vivir de dos personajes, un militar solterón, que como hombre mayor está ya invadido por las manías, en el que se puede identificar al propio autor a pesar de tener en ese tiempo mucho menos años que él, y un niño que se va haciendo mayor poco a poco junto a él en los jardines de Kensington, que se puede identificar con George Llewelyn Davies, o dos de sus hermanos, Jack o Peter, del que podría haber tomado el nombre su personaje, el crío que voló desde el alféizar de la ventana de su cuarto porque aún se acordaba de que había sido un pájaro.

Tras esta novela, vino la ya nombrada *Peter Pan y Wendy* (1904 y 1911, según su versión teatral o de narrativa), pero existe una novela que pretende ser previa a lo narrado en su obra capital sobre el personaje, *Peter Pan en los jardines de Kensington* (1906), en la que se explica al mismo Peter Pan, que es la historia de un bebé que dejó de ser un niño como los demás para jamás crecer y quedarse a vivir en los jardines de Kensington, donde conoce las costumbres de las hadas presentes en ellos, un anticipo de lo que él luego convertirá en el país de Nunca Jamás.

Ricardo Muñoz Fajardo

I. — Una larga visita a los Jardines

Inmediatamente os daréis cuenta de que sería casi imposible seguir las aventuras de Peter Pan, si no nos familiarizamos con los Jardines de Kensington. Estos Jardines están en Londres, donde vive el rey. Todos los días solía llevar a David, a no ser que estuviera un poco resfriado. Nunca un niño ha conseguido visitar los Jardines, porque llega muy pronto la hora de volver a casa; y la hora de volver a casa llega muy pronto, porque, cuando uno es tan pequeño como David, duerme de doce a una. Si mamá no se empeñara en hacerlos dormir de doce a una, quizá lograríais visitar los Jardines de cabo a rabo.

Los Jardines limitan por una parte con una interminable hilera de autobuses, sobre los que vuestras niñeras tienen el poder de obligarles a detenerse con una simple señal de la mano cada vez que quieren cruzar tranquilamente la calle con vosotros.

Es verdad que hay muchas puertas de entrada a los Jardines, pero vosotros siempre entráis por la misma, y, antes de entrar, os paráis a charlar con la señora de los globos, que se sienta allí, muy cerca de la verja, agarrada a las barras... Pues, si se olvidara de agarrarse bien a las barras, los globos la elevarían y se la llevarían volando. Está tan acurrucadita porque los globos continuamente intentan escapar de sus manos, y por el cansancio tiene la cara tan roja. Hace ya tiempo que hay una señora nueva, porque a la que estaba antes se la llevaron los globos volando, y David se ponía muy triste, cuando recordaba a aquella viejecita, pero le habría gustado ver cómo salió volando.

Los Jardines son un lugar impresionantemente grande, con centenares y centenares de árboles. En primer lugar, nada más entrar, encontramos las Magnolias, pero no conviene que nos detengamos aquí, porque es un lugar para diminutos personajes altivos, a quienes les está prohibido mezclarse con la gente, y se llaman así porque, según la leyenda, se visten con gran pompa. A estos petimetres los llaman David y otros héroes como él Magnolias, y, para tener una idea de los modos y costumbres de esta zona snob de los Jardines, pensad que allí al cricket se le llama crochet. De vez en cuando una Magnolia se sube a la valla y se larga a ver mundo. Así sucedió, por ejemplo, con la señorita Mabel Grey; pero ya hablaremos de ella, cuando lleguemos a la verja que lleva su nombre. Ha sido la única Magnolia verdaderamente famosa.

Ahora nos encontramos en el Paseo Central, que, en comparación con otros paseos, es tan grande como vuestro padre, comparado con vosotros.

David siempre se preguntaba si, al principio, aquel paseo habría nacido pequeño y luego habría crecido y crecido hasta hacerse grande, y si los otros paseos serían sus hijos. Incluso llegó a hacer un dibujo que le gustaba mucho: había representado el Paseo Central llevando de paseo, a tomar el aire, en un cochecito, a un paseo chiquito. En el Paseo Central uno se encuentra a las personas que vale la pena; generalmente van acompañadas de un adulto para impedirles que se metan en el césped húmedo, y les mandan de castigo ponerse de pie en un extremo del banco, si hacen el pillo o hacen pucheros. Hacer pucheros quiere decir comportarse como una niña; hacen pucheros porque la niñera no quiere cogerlos en brazos o hacen mohínes, chupándose el dedo pulgar, y esto es algo muy desagradable. Y hacer el pillo equivale a dar patadas a todo lo que encuentra, y en esto, por lo menos, hay alguna satisfacción.

Si tuviera que enseñarles todos los lugares importantes mientras pasamos por el Paseo Central, se haría la hora de volver a casa antes de llegar al final. Por eso me contentaré con indicarlos al pasar, señalando con mi cachava el árbol de Cisco el Mochuelo, famoso lugar donde un niño, llamado Cisco, perdió un penique, y, cuando se puso a buscarlo, encontró dos. Desde entonces, a menudo, se hacen excavaciones.

Más adelante está la Casita de madera, en la que se escondió Marmaduke Perry. Nunca había ocurrido en los Jardines una historia tan terrible como la que contaban. Marmaduke Perry, que había estado haciendo pucheros tres días seguidos, por lo que le castigaron a presentarse en el Paseo Central vestido con la ropa de su hermana. Entonces se escondió en la Casita de madera y no quería salir hasta que no le llevaran pantalones que le llegaran a la rodilla y con bolsos de verdad.

Estoy seguro de que ahora os gustaría dirigirlos al Estanque Redondo, pero las niñeras lo odian, porque no son muy atrevidas que digamos, y os hacen mirar para otra parte, hacia el Gran Ochavo y hacia el Palacio de la Niña. Era la niña más famosa de los Jardines de Kensington y vivía sola en el palacio, rodeada de muchísimas muñecas. La gente tocaba la campanilla, y ella, aunque fueran más de las seis, se levantaba de su camita, encendía una vela y abría la puerta en camisón, y todos gritaban felices: "¡Viva la reina de Inglaterra!" Pero lo que más intrigaba a David era cómo la niña sabía estaban escondidas las cerillas. El dónde Gran Ochavo era un monumento dedicado a ella.

Inmediatamente después, llegamos a la Chepa, la zona del Paseo Central donde se hacen las grandes carreras. Aunque uno no tenga ganas de correr, cuando os vais acercando a la Chepa, corréis porque es un lugar en descenso encantador y deslizante. A menudo os paráis, cuando os encontráis a mitad camino de la bajada, y entonces estáis perdidos. Menos mal que hay cerca otra casita de madera, llamada la Casa de los Extraviados, y entonces le decís al señor que os habéis perdido y él os encuentra. Es una diversión maravillosa deslizarse cuesta abajo por la Chepa, pero no lo podéis hacer los días de viento, porque esos días no podéis ir; sin embargo, en vuestro lugar, lo hacen las hojas caídas. No hay nada en el mundo que tenga tantas ganas de divertirse como una hoja caída.

Desde la Chepa podemos ver la puerta que lleva el nombre de señorita Mabel Grey, la Magnolia de la que prometí hablarles. Siempre iban con ella dos niñeras, o por lo menos una madre y una niñera. Y durante mucho tiempo ella fue una niña modelo, que, cuando tosía en la mesa, se daba la vuelta, y saludaba con educación a las otras magnolias. Sin embargo, un día, aburrida de todo esto, se puso a hacer pillerías, y, en primer lugar, para demostrar que era una pilla, se quitó los cordones de las botas y se puso a sacar la lengua, mirando al este, al oeste, al norte y al sur. Luego tiró la bufanda en un charco y se puso a bailar hasta que el agua sucia del charco salpicó a su vestido; más tarde saltó la tapia y tuvo una serie de increíbles aventuras. Lo menos que hizo fue tirar las botas de una patada. Finalmente llegó a la puerta que ahora lleva su nombre, y salió corriendo por la calle, por la que ni David ni yo hemos transitado nunca, aunque hayamos oído el ruido. Y siguió corriendo, y no se habría vuelto a saber nada de ella, si su mamá no se hubiera subido a un autobús y la hubiera alcanzado. Quiero precisar que todo esto sucedió hace mucho tiempo, y por esto mismo no es la Mabel Grey que conoce David.

Volviendo, de nuevo, al Paseo Central, tenemos, a la derecha, el Paseo de los Niños, que está tan repleto de cochecitos, que podríamos cruzarlo de una parte a otra pisando niños, pero las niñeras no nos dejan. Desde este paseo, una barca, llamada Pulgar de Pajarito, por la dimensión que tiene, conduce a la Calle del Picnic; donde hay teteras de verdad, y, mientras bebéis, os caen en la taza flores de castaño. También los niños normales vienen a merendar aquí, y también les caen en sus tazas flores de castaños.

Luego nos encontramos con el Pozo de San Govón, que estaba lleno de agua cuando Malcolm el Valiente se cayó dentro. Como era el benjamín, su mamá le consentía que le echara los brazos al cuello, incluso en público, porque era viuda; pero tenía también debilidad por las aventuras y le gustaba jugar con un limpiachimeneas que había matado muchos osos. El limpiachimeneas se llamaba Fuliginoso, y un día, mientras jugaban cerca del pozo, Malcolm se cayó dentro, y seguramente se habría ahogado, si Fuliginoso no se zambulle para salvarlo. Pero el agua lavó tan bien a Fuliginoso, que por eso le reconocieron: era el padre que Malcolm había perdido bastante tiempo atrás. Y por eso Malcolm ya no volvió a permitir que su mamá le echara los brazos al cuello.

Entre el Pozo y el Estanque Redondo están los campos de *cricket*, a menudo tardan tanto en escoger los equipos, que apenas queda tiempo para jugar un partido. Todos quieren ser los primeros en batear, y, una vez que uno ha sacudido la primera bola, pretende salir corriendo inmediatamente, a no ser que otro le eche la zancadilla, y, mientras estos dos se enzarzan, los demás se alejan para jugar a otra cosa. Los jardines son famosos por las dos clases de cricket. El cricket de los chicos, que es el verdadero cricket, con su bate, y el cricket de las chicas, al que se juega con una raqueta y con una gobernanta. En realidad, las niñas no saben jugar al cricket, y, si nos detenemos a observar sus vanos intentos, terminamos dirigiéndoles gritos de burla. Pero un día aconteció un incidente desagradable. Unas niñas insolentes desafiaron al equipo de David, y una extraña criatura llamada Ángela Clare hizo tantos *yorkers*[21] que... Bueno, de todos modos, en lugar de contarles aquel deplorable partido, iré de prisa al Estanque Redondo, que es algo así como la rueda que hace funcionar los Jardines.

Es redondo, porque se encuentra en el centro de los Jardines, y, cuando llegas allí, es difícil seguir adelante. Por muchos esfuerzos que hagas, uno no se puede estar quieto en el Estanque Redondo. Se puede estar quieto en el Paseo Central, pero no en el Estanque Redondo. Allí uno se olvida de todo, y, cuando te das cuenta, estás tan mojado, que ya le da a uno igual seguir mojándose. Allí hay hombres que hacen bogar barcas de vela, barcas tan grandes, que las tienen que llevar en unas angarillas e incluso en un cochecito, y, en estos casos, el bebé tiene que ir a pie. En los Jardines, los

---

[1] En el cricket, un *yorker* es Un tipo de lanzamiento en el que la pelota cae sobre los pies del bateador o muy cerca de ellos, justo en el pliegue de lanzamiento, lo que hace que sea extremadamente difícil jugar con eficacia.

26

niños con las piernas encorvadas son aquellos que tuvieron que empezar a andar demasiado pronto, porque su padre necesitó el cochecito para llevar la barca.

Siempre habéis querido tener un yate para hacerlo navegar por el Estanque Redondo, hasta que, por fin, un buen día un tío vuestro os regala uno. Es emocionante la primera vez que lo lleváis al estanque, y os encanta hablar de esto a los niños que no tienen tíos, pero pronto preferís dejarlo en casa. Porque la embarcación más bonita que rompe amarras en el Estanque Redondo se llama Velero Bastoncillo, porque es muy parecido a un bastón hasta que se mete en el agua, teniéndolo sujeto con una cuerda. Luego, cuando empieza a navegar, tirando de él con una cuerdecita, veis que por el puente corren unos pequeños hombres, y las velas se levantan como por arte de magia y se hinchan con la brisa, y en las noches tempestuosas hacéis escala en cómodos puertos desconocidos a los yates del lord. La noche pasa en un abrir y cerrar de ojos, y de nuevo nuestra barca, con su arboladura inclinada, pone proa al viento, las ballenas lanzan sobre vosotros sus chorros, os deslizáis por encima de ciudades sumergidas, os encontráis con piratas y echáis el ancla en islas de coral. Pero tenéis que estar solos mientras sucede todo esto, pues dos niños juntos no pueden aventurarse muy lejos en el Estanque Redondo, y, aunque uno tenga que hablar consigo mismo durante el viaje, dando órdenes y realizándolas con rapidez, no sabéis, cuando es hora de volver a casa, dónde habéis estado y por qué vuestras velas se han hinchado. Vuestro tesoro lo habéis encerrado en la bodega, digámoslo así, y tal vez, muchos años más tarde, otro niño lo encuentre.

Pero los otros yates no encierran nada en su bodega. ¿Es que alguno de ellos vuelve a este lugar predilecto de la infancia para las barcas de vela donde solían navegar? No. Sólo el Velero Bastoncillo, cargado de recuerdos. Los yates son juguetes, y sus propietarios, marineros de agua dulce; sólo pueden atravesar y volver a atravesar un estanque, mientras que el Velero Bastoncillo se adentra en el mar. Vosotros, marineros con vuestras credenciales, no penséis que todos estamos aquí mirándolos encantados; vuestras barcas se encuentran aquí sólo por casualidad, y, si los ánades los abordaran y los sumergieran, la verdadera vida del Estanque Redondo seguiría desarrollándose como de costumbre.

Por todas partes tanto los senderos como los niños se agolpan para ir al estanque. Algunos senderos son normalitos, con una estacada a cada lado, y los han hecho hombres que se quitan la chaqueta; pero los demás son senderos vagabundos, muy anchos en un punto y tan estrechos en otro, que se pueden medir poniéndose un caballete. Y se llaman Senderos que se han hecho solos, y a David le habría gustado haberlos visto, cuando se estaban haciendo. Pero hemos llegado a la conclusión de que todas las cosas maravillosas que suceden en los Jardines se hacen de noche, cuando cierran las puertas. Por eso no nos ha quedado más remedio que admitir que los senderos se hacen por sí solos, pues es la única manera que tienen de llegar al Estanque Redondo.

Uno de estos senderos vagabundos llega del lugar donde esquilan las ovejas. Me han contado que, cuando David vio cómo sus bonitos rizos caían en la peluquería, les dijo adiós sin pestañear, mientras que a partir de aquel día su madre dejó de ser la radiante criatura de antes. Por esto desprecia a las ovejas que huyen del esquilador, y grita en tono despectivo: "¡Cobardes! ¡Sois más miedosas que flanes!" Pero, cuando ese hombre las agarra y las sujeta entre las piernas, David le amenaza con el puño, porque odia que use unas tijeras tan grandes. Otro momento emocionante es cuando el esquilador quita la lana sucia de las espaldas de las ovejas; entonces, de repente, se parecen a señoras sentadas en las butacas de teatro. El esquileo asusta tanto a las ovejas, que se quedan blancas y como perdidas, y, apenas las sueltan, corren en seguida a comer hierba con mucha ansiedad, como si temieran que ya no valía la pena que alguien las comiese.

David se pregunta si se reconocerán entre ellas, ahora que son tan distintas, y si se equivocarán de adversario, cuando se pelean. Ellas son muy peleonas, y son tan distintas de las ovejas de campo, que todos los años a mi perro San Bernardo, Porthos, le dan un buen susto. Está acostumbrado a conducir velozmente un rebaño de ovejas de campo simplemente con su presencia; pero estas ovejas de la ciudad se le acercan con actitudes nada cordiales, y desde el año pasado una lucecita le ilumina la mente. Su dignidad no le permite escapar corriendo, por eso se detiene y hace que mira alrededor como perdido en la contemplación del paisaje, y un instante después se aleja trotando con elegante indiferencia, echando una mirada con el rabillo del ojo.

Cerca de aquí está la Serpentina. Es un lago delicioso con un bosque sumergido en el fondo. Si miráis atentamente la orilla, podéis ver los árboles que crecen hacia abajo, y dicen que de noche se ven también las estrellas sumergidas. Si es así, Peter Pan las puede ver cuando atraviesa el lago a bordo del Nido de Tordo.

Sólo una pequeña parte de la Serpentina se encuentra en los Jardines, pues poco después pasa por debajo de un puente y va lejos, donde hay una isla en la que nacen todos los pájaros que se convierten en niños y niñas.

Ninguna criatura humana, si exceptuamos a Peter Pan (y él es humano sólo a medias), puede desembarcar en la isla, pero se puede pedir por escrito todo lo que se quiera (niño o niña, moreno o rubio) en un trozo de papel, y luego se le dobla en forma de barca y se le hace navegar por el agua; llegará a la isla de Peter Pan, al caer la noche.

Ya estamos en el camino de regreso, por más que, evidentemente, sea sólo una ficción poder ver todos estos lugares en un solo día. En realidad, hace ya mucho tiempo que debería haber cogido en brazos a David y haberme sentado a descansar en todos los bancos, como hacía el anciano señor Salford. Así lo llamaban, porque hablaba siempre de un bellísimo lugar llamado Salford, donde había nacido. Era un anciano cascarrabias que se pasaba todo el día en los Jardines, cambiando constantemente de banco, con la esperanza de coincidir con alguien que conociese la pequeña ciudad de Salford.

Hacía un año o más que lo conocíamos, cuando, por casualidad, encontramos a otro anciano solitario que había estado en Salford de sábado a lunes. Era tímido y bueno, y llevaba escrita su dirección dentro del sombrero. Cuando tenía que dirigirse a cualquier punto de Londres, siempre tomaba como punto de partida la abadía de Westminster. Lo llevamos triunfalmente junto a nuestro amigo con su historia de aquel sábado, domingo y lunes. Nunca olvidaré la radiante mirada con que el señor Salford lo recibió. A partir de entonces se trataron como viejos amigos, y me he dado cuenta de que el señor Salford, quien, naturalmente, lleva siempre la voz cantante en la conversación, tiene apretado entre sus manos el capote del otro anciano.

Los últimos lugares que visitamos antes de llegar a la verja fueron el Cementerio de los Perros y el Nido del Pinzón, pero demos a entender que no hemos visto el primero, ya que Porthos sigue con nosotros. En cambio, el Nido es muy triste. Es completamente blanco, y lo hemos encontrado de una forma maravillosa. Estábamos buscando la pelota de lana que David había perdido en el césped, cuando, en lugar de la pelota, encontramos un precioso nido con aquella lana, que contenía cuatro huevos con unos garabatos que se parecían a la caligrafía de David, por lo que supusimos que eran cartas escritas por su madre a los pequeños que se encontraban dentro de los huevos. Siempre que íbamos a los Jardines visitábamos el nido, atentos siempre a que no nos viera ningún niño cruel, y dejábamos caer unas miguitas de pan. El pinzón pronto se dio cuenta de que éramos amigos, y se quedaba en el nido, mirándonos satisfecho con las pequeñas espaldas elevadas en forma de chepa. Pero un día nos acercamos y sólo había dos huevos en el nido, y al día siguiente no había ninguno. Lo más triste fue que el pequeño pinzón revoloteaba por el césped, mirándonos con un reproche tan doloroso, que comprendimos que nos consideraba culpables. David intentó explicarle todo, pero había ya pasado tanto tiempo desde que no hablaba el lenguaje de los pájaros, que mucho me temo que no le haya entendido. Aquel día él y yo abandonamos los Jardines con las lágrimas en los ojos.

II. — Peter Pan

Si le preguntáis a mamá si oyó hablar de Peter Pan, cuando era una niña pequeña, os contestará: "Pues claro que sí"; y, si le preguntáis si ya en aquellos tiempos iba montado en una cabra, os contestará: "¡Qué tontería! Pues claro". Y, si le preguntáis a la abuela si ella oyó hablar de Peter Pan, cuando era niña, también os dirá: "Pues claro que sí". Pero, si le preguntáis si ya entonces montaba en una cabra, os dirá que nunca había oído que Peter Pan tuviera una cabra. Quizá ella lo haya olvidado, como a veces se olvida de vuestro nombre y os llama Mildred, que es el nombre de tu mamá. Sin embargo, no podría haber olvidado algo tan importante como una cabra. Por lo tanto, cuando tu abuela era pequeña, no existía la cabra. Esto quiere decir que, si nos ponemos a contar la historia de Peter Pan, empezando por la cabra, como hacen muchos, resultaría tan absurdo como empezar a vestirse por el sombrero.

Esto demuestra también que Peter es muy viejo, pero en realidad siempre tiene la misma edad, y por lo tanto la edad no tiene ninguna importancia para él. Tiene sólo una semana, y, aunque nació hace mucho tiempo, nunca ha celebrado un cumpleaños, y probablemente no lo celebrará nunca. La razón de todo esto es que escapó a la condición de criatura humana, cuando apenas tenía siete días. Huyó por la ventana y se fue volando a los Jardines de Kensington.

Si vosotros pensáis que ha sido el único niño que quiso escapar, es que habéis olvidado completamente vuestra niñez.

Cuando David oyó este cuento por primera

vez, estaba completamente seguro de que él nunca había querido escapar, pero yo le pedí que volviera a reflexionar con más intensidad, apretando las sienes con sus manos, y, cuando lo hizo, recordó con claridad un deseo infantil de volver a la copa de los árboles, y tras este deseo infantil vinieron a su memoria otros recuerdos, como el del día en que, echado en la cama, hacía planes para escapar en cuanto su madre se durmiera, y cómo su madre lo atrapó cuando huía chimenea arriba. Todos los niños podrían recordar cosas parecidas, si apretaran con fuerza las sienes con las manos, pues, habiendo sido pájaros antes que criaturas humanas, las primeras semanas son un poco salvajes y sienten un hormigueo en los hombros, precisamente allí donde tuvieron alas, que los invita a huir. Es lo que me dijo David.

Tengo que explicarles cómo David y yo contamos una historia. Primero yo se la cuento a él y luego él me la cuenta a mí, con el acuerdo de que es una historia completamente distinta. Luego se la vuelvo yo a contar con lo que él ha añadido, y así seguimos hasta que ninguno de los dos es capaz de reconocer de quién es la historia que estamos contando. En esta historia de Peter Pan, por ejemplo, la narración cruda y dura y la mayoría de las reflexiones morales son mías, aunque no todas, pues este muchacho puede llegar a ser a veces un severo moralista. Pero los detalles más interesantes sobre los modos y costumbres de los niños en la fase de pájaros son, sobre todo, recuerdos de David, traídos a la memoria mediante un intenso esfuerzo por recordar apretando las sienes con sus manos.

Pues bien, Peter Pan salió por la ventana, que no tenía barrotes. Sentado en el alero, podía ver a lo lejos árboles, que sin duda eran los árboles de los jardines de Kensington, y se olvidó por completo de que era un recién nacido en pijama, y se fue volando por encima de las casas hacia los Jardines. Es maravilloso que pudiera volar sin alas, pero en su lugar sentía un enorme hormigueo, y... quién sabe si no podríamos volar todos, si tuviéramos una confianza tan ciega en nuestra capacidad para ello como la que tenía el intrépido Peter Pan aquella tarde.

Se posó alegremente en el césped que hay entre el Palacio de la Niña y la Serpentina, y se tumbó de espaldas y se puso a patalear. Se había olvidado por completo de haber sido una criatura humana, y creía que era un pájaro, incluso en el aspecto, precisamente como en sus primeros días de vida. Así, no entendía por qué, al intentar coger una mosca, se le escapó, y es que intentó cogerla con la mano, cuando todos saben que un pájaro tiene que cogerla con el pico. De todas formas se dio cuenta de que debía haber pasado la Hora de Cierre, pues había por allí muchas hadas, todas muy atareadas y fijándose a él. Estaban preparando el desayuno, ordeñaban las vacas, sacaban agua del pozo y cosas así. Al ver los cubos de agua, sintió sed, y voló hasta el Estanque Redondo para echar un buen trago de agua. Se curvó y hundió su pico en el estanque. Pensó que era el pico, pero, naturalmente, se trataba de su nariz, por lo que sólo consiguió beber un poquito de agua, y no tan fresca como de costumbre. Luego intentó beber en un charquito, pero se cayó de bruces.

Cuando un pájaro de verdad se cae de bruces en el agua, sale de allí extendiendo sus plumas y sacudiéndoselas para secarlas, pero Peter Pan no se acordaba de lo que tenía que hacer, y decidió, con bastante mal humor, irse a dormir al sauce llorón del Paseo de los Niños.

Al principio le resultaba difícil mantenerse en equilibrio en una rama, pero, finalmente, recordó cómo se hacía, y se quedó dormido. Se despertó antes del alba tiritando y diciéndose a sí mismo: "Nunca he pasado una noche tan fría a la intemperie". En realidad había pasado noches más frías, cuando era pájaro, pero, naturalmente, como todo el mundo sabe, lo que a un pájaro le parece una noche templada puede resultarle una noche fría a un niño en pijama. Peter se sentía también extrañamente incómodo, como si le pesara la cabeza. Oyó unos ruidos tremendos, que le obligaron a mirar alrededor con recelo, aunque se trataba simplemente de estornudos. Había algo que deseaba mucho, y, aunque lo sabía, no daba con lo que era. Deseaba que su madre pudiera limpiarle la nariz, pero no se le ocurrió, por lo que pensó ir en busca de las hadas, para que se lo aclararan. Tenían fama de saber muchas cosas.

Vio a dos rondando, cogidas por la cintura, en el Paseo de los Niños, y se dirigió a ellas saltando. Las hadas no se llevan bien con los pájaros, pero, en general, contestan con educación, si se les pregunta educadamente, y se enfadó bastante, cuando las dos huyeron al verlo. Encontró a otra sentada en una silla de jardín, mirando un sello de correos, que se le había caído a alguna criatura humana, y, cuando oyó la voz de Peter, se escondió asustada detrás de un tulipán.

Peter descubrió con desesperación que todas las hadas que encontraba en su camino huían de él. Un grupo de duendes, trabajadores, que estaban serrando un hongo, salieron corriendo y dejaron sus herramientas abandonadas. Una lechera dio la vuelta a la rada y se escondió debajo. En un instante los jardines se convirtieron en un gran murmullo.

Numerosos grupos de hadas corrían de un lado para otro, preguntando, con tono seco, si alguien tenía miedo. Se apagaron las luces, atrancaron las puertas, y en los Jardines del Palacio de la reina Mab se oyó el redoblar de los tambores, lo que indicaba que la guardia real había sido alertada. Un regimiento de Lanceros se acercaba por el Paseo Central, armados con hojas de acebo, con las que pinchaban a sus enemigos. Peter oía a todos aquellos pequeños seres gritando que había una criatura humana en los Jardines después de la Hora de Cierre, pero en ningún momento pensó que se trataba de él. Se sentía cada vez más impresionado, y tenía ganas de saber qué se podía hacer con su naricita, pero en vano preguntaba a todo el mundo. Las tímidas criaturas huían de él, incluso los Lanceros, cuando lo avistaron cerca de la Chepa, se desviaron con rapidez por un sendero lateral, con el pretexto de que lo habían visto por allí.

Desesperado con las hadas, pensó preguntar a los pájaros, y entonces recordó, como algo extraño, que todos los pájaros se habían ido del sauce llorón, cuando él se sentó debajo, y, aunque entonces aquello no le molestara, ahora entendía su significado. Todos los seres vivos huían de él. ¡Pobre pequeño Peter Pan! Se sentó y se echó a llorar, pero ni siquiera entonces se dio cuenta de que, como pájaro, se había sentado con la parte equivocada. Fue una suerte que no lo advirtiera, pues de lo contrario habría perdido la fe en su poder para volar, y es que, cuando uno duda si puede volar, pierde la capacidad de hacerlo para siempre. La razón por la que los pájaros vuelan y nosotros no está en el hecho de que ellos tienen una fe ciega, porque tener fe quiere decir tener alas.

Pues bien, nadie puede llegar a la isla que está en la Serpentina, si no es volando, ya que está prohibida la entrada a las barcas de los seres humanos, y la isla está rodeada de estacas, y en cada una hay un pájaro centinela día y noche. Peter se dirigió a la isla a exponer su extraño caso al viejo Cuervo Salomón, y aterrizó en ella con la esperanza de encontrarse por fin en casa, pues así la consideran los pájaros. Todos dormían, incluso los centinelas, menos Salomón, que estaba completamente despierto con un ojo. Escuchó en silencio las aventuras de Peter, y luego le explicó el verdadero significado de las mismas.

—Mira tu pijama, si no me crees —dijo Salomón, y con ojos atónitos Peter miró su pijama, y luego miró a los pájaros que dormían. Ninguno llevaba nada.

—¿Cuántos dedos de tus pies son pulgares? —preguntó Salomón cruelmente, y Peter vio consternado que los dedos de sus pies eran dedos de mano. Fue tal su consternación, que se le quitó el resfriado.

—Sacude tus plumas —dijo el desagradable viejo Salomón, y Peter intentó desesperadamente sacudir las plumas, pero no tenía. Entonces se puso de pie temblando, y por primera vez desde que saliera por la ventana se acordó de una mujer que lo había querido mucho.

—Creo que volveré con mi madre —dijo tímidamente.

—¡Adiós! —respondió el Cuervo Salomón, mirándole extrañamente.

Pero Peter dudaba.

—¿Por qué no te vas? —le preguntó el viejo amablemente.

—Espero... —dijo Peter con voz ronca—, espero... ¿podré volar?

Ya veis, había perdido la fe.

—¡Pobre pequeño mitad y mitad! —añadió Salomón, que en el fondo tenía buen corazón—. Ya nunca podrás volar, ni siquiera en los días de viento. Tendrás que vivir siempre aquí en la isla.

—¿Y ni siquiera podré volver a los Jardines de Kensington? —preguntó Peter aterrorizado.

—¿Cómo podrías llegar? —dijo Salomón.

Sin embargo, le prometió a Peter enseñarle todas las costumbres de los pájaros que pudiese aprender alguien de un tamaño tan descomunal.

—Entonces, ¿no seré una criatura humana? —preguntó Peter.

—No.

—¿Ni tampoco un pájaro?

—No.

—¿Qué seré, entonces?

—Serás un Entre Aquí y Allá —sentenció Salomón; en realidad, era un viejo muy sabio. Y las cosas acontecieron como él había previsto.

Los pájaros de la isla nunca se acostumbraron a él. Todos los días se divertían mucho con sus rarezas, como si fueran siempre nuevas, aunque en realidad los únicos nuevos eran los pájaros. Apenas salían del huevo, ya se reían de él; poco después volaban para convertirse en seres humanos, y otros pájaros, que nacían de otros huevos, venían a reemplazarlos, y así sucesivamente. Las astutas mamás, cansadas de incubar huevos, cogieron la costumbre de romper el cascarón a los pequeños un día antes de tiempo, susurrándoles que así podían ver a Peter Pan lavándose, bebiendo o comiendo. A diario acudían miles a verle hacer estas cosas, como vosotros vais a ver los pavos reales, y gritaban alborozados, cuando Peter recogía con las manos las cortezas que le tiraban en vez de recogerlas con la boca, como ellos.

Salomón había ordenado que los pájaros le trajeran la comida de los Jardines. No comía ni gusanos ni insectos (algo que ellos consideraban absurdo), y le traían pan en el pico. Por eso, siempre que veáis un pájaro volando con una corteza en el pico, no le gritéis: "¡Ladronzuelo! ¡Glotón!", pues seguramente se lo lleva a Peter Pan.

Peter ya no iba en pijama. Los pájaros le pedían continuamente trocitos de tela para mullir sus nidos, y, como era bueno, no podía decir que no. Y así, siguiendo el consejo de Salomón, decidió esconder lo poco que le quedaba del pijama. Pero, aunque ahora iba desnudo, no creáis que tenía frío o que se sentía desgraciado. Siempre se le veía feliz y contento, porque Salomón había cumplido su promesa y le había enseñado a comportarse como un pájaro. Por ejemplo, le enseñó a sentirse satisfecho con poco, a hacer siempre algo y a pensar que lo que hacía era importante.

Peter demostró su inteligencia, ayudando a los pájaros a construir sus nidos. Pronto aprendió a hacerlos mejor que una paloma torcaz y casi tan bien como un mirlo, aunque nunca pudo competir con los pinzones; hacía también abrevaderos cerca de los nidos y rebuscaba con las manos gusanos para las crías. Llegó también a ser un experto en la ciencia de los pájaros, y sabía distinguir por el olor un viento del este de uno del oeste, y a ver cómo crecía la yerba y a oír cómo trepaban los insectos por dentro de los troncos de los árboles. Pero lo que más le agradecía a Salomón es que le hubiera enseñado a tener un corazón alegre. Todos los pájaros tienen un corazón alegre, a no ser que les roben sus nidos, y, como eran los únicos corazones que Salomón conocía, no le fue difícil enseñarle a Peter cómo tener uno igual.

Peter se sentía tan feliz, que deseaba estar cantando todo el día, como suelen hacer los pájaros, pero, como era en parte una criatura humana, necesitaba un instrumento, y por esto se hizo una flauta de caña, y solía sentarse a la orilla de la isla, por la noche, para ensayar el susurro del viento y el murmullo del agua. Recogía puñados de rayos de luna y los metía en su flauta, y tocaba tan bien, que hasta los pájaros se engañaban y se preguntaban unos a otros: "¿Será un pez saltando en el agua o Peter que está intentando imitarlo con su flauta?"

Otras veces interpretaba el nacimiento de los pájaros, y entonces las mamás se volvían a sus nidos para ver si habían puesto algún huevo. Si sois un niño de los Jardines, conoceréis el castaño que está junto al puente, el primer castaño que florece, aunque quizá no sepáis por qué es el primero que florece. Pues, porque Peter se impacienta con el deseo de que llegue el verano y toca con su flauta los melifluos cantos de su llegada, y el castaño está tan cerca, que lo oye y cae en la trampa de creérselo.

Pero a veces, mientras Peter se encuentra en la orilla tocando suavemente la flauta, acuden a su mente pensamientos tristes, y entonces también su música se vuelve triste; está triste porque no puede volver a los Jardines, por mucho que los vea por el arco del puente. Sabía que no volvería nunca a ser una verdadera criatura humana y no le importaba mucho, pero ¡cuánto añoraba poder jugar como juegan los demás niños! Y, naturalmente, para jugar como los demás niños, no hay lugar más extraordinario que los Jardines. Los pájaros le contaban cómo jugaban los niños y niñas, y entonces se asomaban las lágrimas a los ojos.

Acaso os preguntéis por qué no se iba nadando. Bueno, no sabía nadar. Habría querido aprender, pero en la isla sólo sabían hacerlo los patos, y eran tan estúpidos... Ellos querían enseñarle y sólo le sabían decir: "Te sientas en la superficie del agua de esta forma y luego das patadas así". Peter lo intentó muchas veces, pero, antes de empezar a dar patadas, se hundía. Peter pretendía saber en realidad cómo mantenerse en el agua sin hundirse, y ellos le decían que era algo tan sencillo, que no se podía explicar.

De vez en cuando llegaban cisnes a la isla, y Peter les ofrecía toda su comida del día a cambio de que le enseñaran a mantenerse en el agua, pero aquellos desagradecidos, en cuanto Peter se quedaba sin nada, se alejaban siseando.

En una ocasión pensó que realmente había descubierto por fin la forma de volver a los Jardines. Un maravilloso objeto blanco, como un periódico fugitivo, se balanceaba en lo alto por encima de la isla, y de repente se precipitó como un pájaro al que se le hubiera roto un ala. Peter se asustó tanto, que corrió a esconderse, pero los pájaros le dijeron que se trataba simplemente de una cometa; le explicaron en qué consistía y que seguramente se le habría escapado a algún niño de la mano, remontándose en el aire. Pero luego se echaron a reír, porque a Peter le gustaba mucho la cometa. Tanto la quería, que se durmió con ella en la mano, lo que no deja de ser un gesto conmovedor y bonito, pues él la quería, porque había pertenecido a un niño de carne y hueso.

Para los pájaros aquello era banal, aunque los más viejos le estaban agradecidos, porque había cuidado a muchos de sus pequeños, cuando estaban enfermos, y se ofrecieron a enseñarle cómo los pájaros hacen volar una cometa. Seis pájaros la cogieron del extremo de la cuerda con sus picos y se echaron a volar. Peter vio asombrado que la cometa les siguió y hasta subió más alto que ellos.

Y gritó: "¡Hacedlo otra vez!" Y los pájaros lo volvieron a hacer de buena gana una y otra vez. Y Peter, en lugar de darles las gracias, insistía: "¡Hacedlo otra vez! ¡Otra vez!", lo que dejaba bien a las claras que, incluso ahora, no había olvidado del todo qué quería decir ser un niño.

Por fin, su ardiente corazón les pidió que lo hicieran una vez más, esta vez llevándole a él colgado en la cola de la cometa, y entonces cientos de pájaros tiraron de la cuerda. Peter se agarró muy fuerte a la cola y pensó en tirarse al pasar por encima de los Jardines, pero la cometa se hizo pedazos en el aire, y el pobre Peter se habría ahogado en la Serpentina, si no hubiera podido agarrarse a dos indignados cisnes y no los hubiera obligado a llevarle a la isla. Tras estas aventuras, los pájaros prometieron no volver a ayudarle en su loca empresa.

A pesar de todo, Peter, por fin, pudo ir a los jardines, gracias al barquito de Shelley, como en seguida os voy a contar.

III.- El Nido de Tordo

Shelley era un caballero joven, y adulto en la medida en que se podía esperar de él. Era un poeta, y ya se sabe que los poetas nunca son realmente adultos. Es gente que desprecia el dinero, quitando lo que necesitan para su día a día; él siempre llevaba cinco esterlinas más de lo que necesitaba. Un día que se encontraba paseando por los Jardines hizo un barco de papel con un billete de Banco y lo echó a navegar por la Serpentina.

El barco llegó a la isla de noche, y el centinela se lo llevó al Cuervo Salomón, que al principio pensó que se trataba, como siempre, del mensaje de una dama, que le agradecería el envío de uno de sus pájaros convertido en bebé. Siempre piden los mejores, y, si a Salomón le gusta la carta, envía uno de clase superior, pero, si la carta no le gusta, les manda pequeños muy cómicos. A veces no envía ninguno y otras manda todo el nido. Depende del humor que tenga. Le gusta que le dejen decidir, y, si se le sugiere algo, "que esta vez sea niño", mandará una niña. De todas formas, se trate de una señora o de un niño que desea un hermanito, procurad escribir con claridad la dirección, no podéis imaginar cuántos niños ha enviado Salomón a una dirección equivocada.

Cuando Salomón abrió el barco de Shelley, se quedó asombrado, y llamó en ayuda a sus consejeros para que le orientaran.

Estos, tras haber caminado sobre el papel un par de veces, una con los dedos de los pies hacia afuera y otra hacia dentro, concluyeron que se trataba de alguien que tenía muchas ganas de conseguir cinco bebés. Así lo creyeron, porque vieron un número cinco muy grande impreso en el papel. "¡Es absurdo!", gritó Salomón en un ataque de rabia, y le regaló a Peter el billete; todas las cosas inútiles que llegaban a la isla acababan en manos de Peter para que jugara con ellas.

Pero en esta ocasión Peter no se puso a jugar con el billete, ya que había aprendido a reconocer su valor en la semana en que había sido niño. Pensó que con tanto dinero podría arreglárselas para llegar a los Jardines. Empezó a examinar todas las posibilidades que tenía y eligió —creo que sabiamente— la mejor. Pero antes tenía que informar a los pájaros del valor del barco de Shelley, y, aunque eran demasiado honrados para pedirle a Peter que se lo devolviera, este se dio cuenta de que estaban irritados. Dirigían unas miradas tan torvas a Salomón —que a menudo estaba orgulloso de sus conocimientos—, que lo obligaron a volar al otro extremo de la isla, donde se sentó con la cabeza escondida bajo el ala.

Pero Peter Pan sabía que, si no se cuenta con el apoyo de Salomón, no se puede conseguir nada en la isla, y por eso siguió tratando de consolarlo.

Y aún hizo mucho más para atraerse las simpatías del viejo e importante personaje. Debéis saber que Salomón no pensaba pasar el resto de sus días desempeñando este trabajo. Tenía intención de retirarse poco a poco y dedicar su vejez a una vida de placer junto al tronco de un tejo que le gustaba, entre las Magnolias. Para ello había ido llenando un calcetín en silencio. Seguramente era el calcetín de un bañista, que lo tiró a la isla, y en el momento en que os hablo contenía ciento ochenta migajas, treinta y cuatro nueces, dieciséis cortezas, un cortaplumas y un cordón de zapatos. Salomón calculaba que, cuando llenara el calcetín, podría retirarse a su vida privada con una buena pensión. Peter le regaló una esterlina, cortando una parte del billete con un palito afilado.

Este gesto le ganó la amistad eterna de Salomón, y, tras haber deliberado juntos, decidieron convocar a los tordos para una decisión. Veréis en seguida por qué invitaron sólo a los tordos.

El plan que les iban a presentar era de Peter, pero lo expuso Salomón, pues se enfadaba, si hablaban los demás. Empezó diciendo que estaba impresionado por el ingenio de los tordos en la construcción de sus nidos, cosa que halagó a estos, que era de lo que se trataba. Las discusiones entre los pájaros surgen siempre por no ponerse de acuerdo en quién construye mejor los nidos. El resto de los pájaros, añadió Salomón, se olvida de forrar con barro sus nidos, y por esto no tienen agua.

Y levantó la cabeza como quien ha dicho la última palabra, pero, para su desgracia, se hallaba en el mitin una tal señora Pinzón, a quien nadie había invitado, y saltó molesta:

—¡Nosotros no construimos los nidos para que tengan agua, sino para que tengan huevos!

— Y los tordos dejaron de aplaudir, y Salomón se quedó tan perplejo, que tuvo que beber varios sorbos de agua.

—Piense al menos —dijo por fin— en el calor que el fango proporciona al nido.

—Piense —gritó la señora Pinzón— que, cuando el agua entra en el nido, se queda estancada y las crías se ahogan.

Los tordos se volvieron hacia Salomón, esperando algún argumento que aplastara esta réplica. Pero, una vez más, se había quedado perplejo.

—Bebe otro sorbo de agua —sugirió la

señora Pinzón con sorna.

Se llamaba Kate, y todas las que tienen este nombre son muy insolentes.

Salomón volvió a beber otro sorbo de agua, y esto le inspiró.

—Si se pone un nido de pinzón en la Serpentina —dijo—, se llena de agua, y se deshace, mientras que un nido de tordo permanece tan seco como una cavidad en el lomo de un cisne.

¡Cómo aplaudían los tordos! Ahora comprendían por qué ponían barro en sus nidos, y, cuando la señora Pinzón contestó:

—Nosotros no ponemos los nidos en la Serpentina.

—La echaron, como deberían haber hecho al principio. Con esto volvió la calma.

—Se os había convocado —dijo Salomón— para hacerles saber lo siguiente: mi amigo Peter

Pan, a quien todos conocéis bien, desea ardientemente llegar a los Jardines y os pide que le ayudéis a construir un barco.

Al oír esta propuesta, los tordos manifestaron cierta inquietud, y Peter temió no conseguir el objetivo. Salomón se apresuró a explicarles que no se trataba de uno de esos barcos gigantes, que utilizan los seres humanos. Sería simplemente un nido de tordo lo suficientemente grande para que Peter cupiera dentro.

Pero los tordos seguían malhumorados, lo que preocupaba a Peter muchísimo.

—Estamos muy ocupados —refunfuñaron—, y esto supone mucho trabajo.

—Es verdad —contestó Salomón—, y Peter, por supuesto, no quiere que trabajéis de balde. Tenéis que saber que se encuentra en circunstancias muy favorables y os pagará como nunca habéis soñado.

Peter Pan me ha autorizado a comunicarles que os pagará a cada uno seis centavos al día.

Al oír esto, los tordos empezaron a saltar de alegría, y ese día empezó la famosa Construcción de la Barca. Los demás quehaceres quedaron abandonados. Era la época del año en que habrían debido pensar en preparar los nidos, pero no se construyó ningún otro nido de tordo, sino sólo el grande, y pronto Salomón se encontró con escasez de tordos para abastecer la demanda de tierra firme. Los niños robustos y más bien glotones, que tienen en sus cochecitos un aspecto rechoncho, pero que se ponen a jadear apenas dan dos pasos, habían sido todos pequeños tordos, y las señoras a veces solicitaban aquéllos.

¿Qué creéis que se le ocurrió a Salomón?

Envió a buscar una bandada de gorriones y ordenó que pusieran sus huevos en los viejos nidos de tordos, luego envió las crías a las señoras, jurándoles que eran tordos. Ese año pasó a la historia de la isla como el año de los gorriones. Por eso, cuando veáis en los Jardines personas mayores que se hinchan como fuelles, creyéndose mucho más de lo que son, probablemente nacieron entonces. Basta con que se lo preguntéis.

Peter era un patrón justo y pagaba a sus trabajadores todas las noches. Se colocaban en hileras en las ramas y esperaban con educación, mientras Peter cortaba tantas veces seis trocitos de su billete. Les llamaba y cada uno se acercaba a recoger sus seis centavos, al oír su nombre. El espectáculo era muy divertido.

Por fin, tras seis meses de trabajo, el barco quedó acabado. ¡Qué alegría la de Peter, al ver cómo crecía día a día un gran nido de tordo! Dormía a su lado desde que empezaron la construcción, y a menudo se despertaba y le hablaba con delicadeza. Y, cuando ya estuvo forrado de barro su interior y se secó, a partir de entonces quiso dormir dentro. Todavía sigue durmiendo en su nido, y se enrosca de una manera muy graciosa, pues el espacio no le permitía moverse más que a un gatito. El nido era de color pardo en su interior, naturalmente, pero por fuera era casi verde, tapizado con yerbas y ramitas. Cuando estas se secan o se rompen, se reponen de nuevo. Había también plumas aquí y allá, que los tordos habían ido dejando mientras trabajaban.

Los otros pájaros sentían mucha envidia y decían que el barco no flotaría en el agua, aunque lo hizo de forma impecable. También decían que entraría agua, pero no fue así. Después dijeron que

Peter no tenía remos, y los tordos se miraron descorazonados, pero Peter les dijo que no necesitaba remos, porque tenía una vela. Y, con el rostro resplandeciente de orgullo y felicidad, sacó una vela que había hecho con su pijama, y, aunque se notaba algo que era de un pijama, resultaba una vela bonita.

Y aquella noche de luna llena, mientras todos los pájaros dormían, él entró en su pequeño nido (como habría dicho Cisco el Gracioso) y se alejó de la isla. Pero antes, sin saber por qué, miró hacia arriba con las manos entrelazadas y desde ese momento sus ojos se clavaron en el oeste.

Había prometida a los tordos que empezaría haciendo viajes cortos y que los llevaría a ellos como guías, pero divisó a lo lejos los Jardines de Kensington, que le enviaban señales por debajo del puente, y no pudo resistir. Su rostro estaba rojo de emoción, pero no volvió la vista atrás. Había tanto júbilo en su pecho, que no sintió miedo. ¿Era Peter acaso el último valiente marino inglés que habría navegado rumbo al oeste en busca de lo desconocido?

Al principio, su barca daba vueltas y más vueltas alrededor y volvía de nuevo al punto de partida. Entonces arrió la vela, quitándole una de las mangas, pero de esta forma retrocedió empujado por una brisa contraria, viéndose en peligro. Soltó la vela y, como resultado, fue arrastrado hacia la orilla opuesta, donde había negras sombras de las que sospechaba algún peligro, aunque no las conocía. Una vez más volvió a izar el pijama y se refugió en las sombras hasta coger un viento favorable, que le llevara hacia el oeste, pero a tanta velocidad, que parecía que se iba a estrellar contra el puente. Superado el peligro, pasó bajo el puente, y ante sus ojos aparecieron los espléndidos

Jardines en todo su esplendor. Pero, al intentar echar el ancla, que era una piedra atada al extremo de un cabo de cuerda de la cometa, no tocaba fondo, y se vio obligado a mantenerse alejado, buscando donde amarrar. Al tantear el suelo, fue a estrellarse contra un arrecife, y Peter salió lanzado por la borda, corriendo peligro de ahogarse, pero al final consiguió meterse de nuevo en el barco. Se levantó entonces una fuerte tormenta acompañada del bramido de las aguas como nunca había oído, y Peter fue lanzado de un sitio a otro, y tenía las manos tan frías y entumecidas, que no las podía cerrar. Pasado este peligro, por fin fue a parar a una pequeña bahía, donde su barco pudo navegar suavemente.

Pero todavía no estaba a salvo, ya que, al intentar desembarcar, se encontró con una multitud de seres diminutos en la costa, que se oponían a su desembarco, y le gritaban chillando que se fuera, porque ya se había pasado la Hora de Cierre. Mientras gritaban, levantaban hojas de acebo, y un grupo incluso llevaba una flecha que seguramente algún niño habría dejado olvidada en los Jardines, y pretendían usarla como ariete.

Entonces Peter, sabiendo que eran hadas, les gritó que él no era una criatura humana corriente y que no tenía intención de meterse con ellos, sino de ser su amigo. No obstante, al encontrar un puerto seguro, ya no tenía humor para alejarse de allí, y les avisó que, si querían hacerle daño, presentaran armas.

Al decir esto, saltó a la orilla con valentía, y ellos se lanzaron contra él con la intención de matarlo, pero entonces se levantó un griterío entre las mujeres, porque se habían dado cuenta de que la vela era un pijama de niño. A partir de aquel momento quedaron prendadas de él y se lamentaron de que sus regazos fueran tan pequeños, algo que yo no puedo explicar, sólo sé decir que son cosas de mujeres. Las hadas hombres depusieron las armas, al darse cuenta del comportamiento de sus mujeres, cuya inteligencia apreciaban mucho, enfundaron las armas y le condujeron educadamente ante su reina, quien le concedió el favor de permanecer en los Jardines después de la Hora de Cierre, y en lo sucesivo podría ir adonde le pareciese. Las hadas recibieron órdenes de acomodarlo de manera confortable.

Este fue su primer viaje a los Jardines y por lo arcaico del lenguaje habréis comprendido que ocurrió hace muchísimo tiempo. Pero Peter Pan no se hace nunca viejo, y, si pudiéramos esperarlo esta noche bajo el puente —pero, claro, no podemos—, me atrevería a decir que lo veríamos izando su pijama y navegando o remando suavemente hacia nosotros en el Nido de Tordo. Cuando el barco navega a vela, se sienta, y, en caso contrario, se pone de pie para remar. Ahora os voy a contar cómo consiguió su remo.

Mucho antes de que llegue la hora de abrir las puertas, él se tiene que ir a la isla, para que nadie lo vea —después de todo no es tan humano—, pero esto le deja algunas horas para jugar, y él juega exactamente igual que los niños de verdad. Por lo menos eso pensaba él, y una de las cosas más patéticas era ver cómo juega de forma totalmente equivocada.

Veis, no tenía a nadie que le dijera cómo jue-

81

gan los niños, pues las hadas, como casi todas se esconden hasta la caída del sol, no aprenden nada, y, aunque los pájaros decían que le podían enseñar muchas cosas; llegada la hora, resultó asombroso conocer lo poco que sabían, cuando pretendieron enseñarle algo. Le enseñaron a jugar al escondite, y a menudo tiene que jugar él solo, pero ni siquiera los patos del Estanque Redondo le supieron explicar por qué les fascina a los niños. Por la noche los patos olvidan todo lo que sucede durante el día, menos los trozos de torta que les echan. Son criaturas melancólicas y dicen que la torta de hoy no es lo que era antes.

Por eso, Peter tuvo que aprender muchas cosas por su cuenta. A menudo jugaba a los barcos en el Estanque Redondo, pero su barco no era más que un aro encontrado en la yerba. Naturalmente, él nunca había visto un aro y se preguntaba cómo se jugaba con él, y pensó que se podía usar como si fuera un barco. El aro se hundía rápidamente, pero él vadeaba el agua en su busca y a veces lo arrastraba haciéndolo dar vueltas alrededor del estanque, y se sentía muy satisfecho pensando que había descubierto lo que los niños hacen con los aros.

Otra vez encontró un cubo de un niño, y creyó que era para sentarse, y se sentó con tanta fuerza, que casi no puso quitárselo de encima. También encontró un globo, que estaba saltando por la Chepa, como si estuviera jugando con él mismo, y Peter lo atrapó tras una emocionante caza. Pensó que era un balón, y, como Jenny la Pájara le había dicho que los niños daban patadas a los balones, le dio una patada y ya no pudo volverlo a atrapar.

Quizá lo más curioso que encontró fue un cochecito. Estaba debajo de un tilo, cerca del Palacio de Invierno de la reina de las Hadas (está en medio de siete castaños silvestres en círculo), y Peter se acercó con recelo, pues los pájaros nunca le habían hablado de nada parecido. Temiendo que estuviera vivo, le dirigió la palabra con educación, y luego, como no contestaba, se acercó aún más y lo palpó con precaución; le dio un empujoncito y el cochecito se alejó, lo que le llevó a pensar que, a pesar de todo, estaba vivo, pero no le tenía miedo, porque se había alejado. Entonces estiró la mano y tiró del coche, y esta vez corrió hacia él, y Peter se asustó tanto, que saltó la verja y se fue volando al barco. No vayáis a pensar que era un cobarde, pues regresó a la noche siguiente con una corteza en la mano y un palo en la otra; sin embargo, el cochecito había desaparecido y no volvió a ver otro parecido.

Os prometí hablarles de su remo. Se trataba de la espada de un niño, que él se había encontrado en el Pozo de San Govón, y creyó que era un remo.

¿Compadecéis a Peter Pan por cometer estos errores? Pues, si es así, me parece que sois tontos. Quiero decir que uno puede compadecerse de uno de vez en cuando, pero hacerlo de forma continuada es una impertinencia. Él creía pasárselo muy bien en los Jardines, y el hecho de creerlo es casi tan divertido como pasarlo bien realmente. Él estaba siempre jugando, mientras que vosotros a menudo perdéis el tiempo haciendo el pillo o haciendo pucheros. Él no podía hacer ni una cosa ni la otra, porque no había oído hablar de esto, pero ¿creéis que por eso había que compadecerlo?

¡Oh, él era feliz! Mucho más feliz que vosotros con vuestro papá. A veces se tiraba al suelo, como una peonza, de felicidad. ¿Habéis visto alguna vez un galgo intentando saltar las verjas de los Jardines? Pues, así las saltaba Peter Pan.

Y pensad en la música de su flauta. Cuando los hombres regresaban de noche a sus casas, escribían a los periódicos contándoles que habían oído cantar a un ruiseñor en los Jardines, pero lo que en realidad habían oído era la flauta de Peter. Naturalmente, él no tenía madre —al fin y al cabo, ¿para qué la necesitaba?—. Le podéis tener compasión por esto, pero no os entristezcáis tanto, pues os voy a contar cómo pudo volver a encontrarla. Las hadas le dieron esa oportunidad.

IV.- La Hora de Cierre

Es muy difícil saber muchas cosas de las hadas, y casi lo único que se sabe con toda seguri-
dad es que hay hadas donde hay niños. Hace mucho tiempo, a los niños les estaba prohibida la entrada en los Jardines, y entonces no había ni un
hada en ese lugar. Luego se permitió la entrada

a los niños, y aquella misma tarde llegaron en tropel muchas hadas. Tienen que seguir a los niños, aunque raramente se las ve, en parte, porque durante el día viven en los recintos, por donde vosotros no podéis pasar, y, en parte, porque son muy astutas. No son muy avispadas tras la Hora de Cierre, pero hasta entonces...,

¡Dios santo!

Cuando vosotros erais pájaros, conocíais muy bien a las hadas, y durante vuestra niñez recordabais muchas cosas de ellas, pero es una pena que entonces no pudierais escribirlo, pues poco a poco lo vais olvidando, y yo he oído decir a muchos niños que no han visto un hada en su vida. Estoy seguro de que, si llegaron a decir esto en los Jardines de Kensington, lo dijeron delante de una. Y la razón de todo esto está en el hecho de que ellas se hacen pasar por otra cosa. Es uno de sus mejores trucos. Por regla general fingen ser flores, pues la corte se reúne en el Valle de las Hadas, y tanto allí como a lo largo del Paseo de los Niños hay tantas flores, que una flor es lo que menos llama la atención. Se visten exactamente igual que las flores y cambian según las estaciones, vistiéndose de blanco en tiempo de azucenas y de azul en tiempo de campanillas, y así sucesivamente. Les gusta sobre todo la época de los azafranes y los jacintos, pues tienen preferencia por esos colores, y consideran demasiado chillones a los tulipanes —si exceptuamos a los blancos, que les sirven de cuna—, y a veces tardan muchos días en vestirse de tulipanes durante su estación, así que las primeras semanas de su floración es casi el mejor momento para sorprenderlas.

Cuando creen que no las están mirando, se escabullen con rapidez, pero, si se las mira, tienen miedo de que no les dé tiempo a esconderse, y se quedan quietas, haciéndose pasar por flores. Después, una vez que habéis pasado sin percatarse de que eran hadas, corren a contar a sus madres la aventura. El Valle de las Hadas, como recordaréis, está totalmente cubierto de hiedra, de donde ellas sacan el aceite de ricino, y entre la hiedra despuntan algunas flores. La mayoría son flores de verdad, pero algunas son hadas. Nunca podéis distinguirlas con precisión, pero un buen truco es pasar mirando para otro lado y volver la cabeza de repente. Otro buen truco, que solemos adoptar David y yo, es mirarlas fijamente hasta que no les queda más remedio que pestañear, con lo que ya estáis seguros de que son hadas. Hay también muchas en el Paseo de los Niños, "lugar maravilloso", como suele llamarse a los sitios frecuentados por las hadas. Una vez les ocurrió una extraordinaria aventura a veinticuatro hadas. Un grupo de niñas de una escuela había ido a dar un paseo con la institutriz; todas iban vestidas de jacintos. De repente la institutriz hizo una señal de silencio, llevándose el dedo a los labios, y todas se quedaron inmóviles de pie sobre un macizo, fingiéndose jacintos. Por desgracia, lo que la institutriz había oído eran jardineros, que venían a plantar flores nuevas precisamente en aquel macizo. Traían las flores en una canastilla, y se quedaron asombrados al ver el macizo ocupado.

—Es una pena tener que arrancar estos jacintos —dijo uno.

—Son órdenes del duque —replicó el otro.

Y, tras vaciar la canastilla, empezaron a remover con la azada el internado y a poner a aquellos pobres y aterrorizados seres dentro en cinco filas. Por supuesto, ni la institutriz ni las niñas se atrevieron a confesar que eran hadas, y así se dejaron conducir a un cobertizo, del que escaparon descalzas por la noche, pero hubo una gran trifulca entre los padres sobre el hecho, y la escuela tuvo que cerrar.

Es inútil intentar buscar sus casas, porque son completamente distintas a las nuestras. Nuestras casas se ven perfectamente de día, pero no tanto de noche. Pues bien, las suyas, al revés, las podéis ver de noche, pero no de día, pues son del color de la noche, y todavía no he conocido a nadie que pueda ver la noche durante el día. Esto no quiere decir que sus casas sean negras, pues la noche también tiene sus colores como los tiene el día, pero son mucho más brillantes. Sus azules, rojos y verdes son como los nuestros, pero con luz detrás de ellos.

Todo el palacio está construido con cristales multicolores, y es la más hermosa mansión de todas las mansiones reales, pero la reina se queja a menudo de que el pueblo fisga, ya quiere enterarse de lo que está haciendo. Es gente muy curiosa y se aplasta contra el cristal; y, por eso, la mayoría tiene la nariz achatada.

Las calles tienen muchas millas y con muchas curvas. Hay unos senderos a cada lado hechos de estambre brillante. Los pájaros solían robar el estambre para sus nidos, pero han contratado un centinela para que lo vigile desde una esquina.

Una de las grandes diferencias entre las hadas y nosotros es que ellas no hacen nunca nada útil.

Cuando se echó a reír por primera vez el primer niño, su risa se rompió en mil pedazos, y estos salieron saltando por todas partes. Es el nacimiento de las hadas. Ellas dan la impresión de estar siempre muy ocupadas, como si no tuvieran un minuto que perder, pero, si les preguntáis qué están haciendo, no sabrán qué responder. Son muy ignorantes; sólo saben fingir. Tienen un cartero, que sólo viene en Navidad, con una cajita para las propinas, y, aunque sus escuelas son muy bonitas, no se enseña nada. Al ser el niño más pequeño la persona más importante, siempre lo escogen como director y, una vez pasada lista, salen todas de paseo, y nunca vuelven para atrás. Es curioso que en las familias de las hadas el más pequeño es siempre la persona más importante, y, por regla general, se convierte en príncipe o princesa. Los niños se acuerdan de esto y creen que también debería ser así entre los seres humanos; por eso, se molestan cuando ven a su madre poniendo a escondidas nuevos volantes en la cuna.

Probablemente os habréis dado cuenta de que vuestra hermanita quiere hacer todas las cosas que mamá y la niñera no quieren que haga; por ejemplo, levantarse, cuando debe estar sentada, o sentarse, cuando debe estar de pie, o despertarse, cuando debía estar dormida, o gatear, cuando lleva su mejor vestido, etc., y quizá pensáis que son caprichos. No es así; simplemente se trata de que están haciendo lo que han visto hacer a las hadas. Empiezan imitándolas, y tendrán que pasar unos dos años antes de adquirir los comportamientos humanos. Sus ataques de rabia, que son insoportables, y que se les llama echar los dientes, no tienen nada que ver con esto; la pequeña está desesperada porque, aunque diga palabras inteligibles, nosotros no la entendemos. Se expresan en el lenguaje de las hadas. Las madres y niñeras saben antes que nadie qué quieren decir voces como "Dam", que significa "Dámelo de una vez", o "Por", que equivale a "¿Por qué llevas un sombrero tan ridículo?", pues, al estar tanto tiempo con niños, han aprendido alguna expresión del lenguaje de las hadas.

Recientemente, David ha reflexionado mucho sobre el lenguaje de las hadas, apretando las sienes con sus manos, y ha recordado algunas frases que un día os contaré, si no se me olvidan. Las oyó cuando era un tordo, y, aunque yo le advertí que quizá lo que recuerda pertenece al lenguaje de los pájaros y no al de las hadas, él me asegura que no, pues son frases que tratan de juegos y aventuras, y los pájaros sólo hablan de hacer nidos. Él recuerda con todo tipo de detalle que los pájaros solían ir de un sitio a otro, como las señoras ante los escaparates, mirando los distintos nidos y comentando: "Esto no es mi color, querida". "¿Qué tal le iría un forro suave?" "¿Tú crees que durará?", o bien: "¡Qué adorno más feo!" Y cosas parecidas.

Las hadas son excelentes bailarinas, y por este motivo una de las primeras cosas que el niño nos pide es que bailemos para él, y, cuando lo hacemos, se pone a llorar. Las hadas celebran sus grandes bailes al aire libre, en lo que se llama un círculo de hadas, círculo de yerba que se puede ver varias semanas después. Cuando empieza el baile, el círculo no está hecho, pero aparece a fuerza de bailar el vals dando vueltas. A veces se pueden encontrar algunas setas dentro de ese círculo; son las sillas de las hadas, que los criados olvidaron retirar. Las sillas y los círculos son las únicas señales de la fantasía que esta gente menuda deja tras sí, y las harían desaparecer, si no les gustara tanto bailar. Efectivamente, siguen moviendo los pies hasta el mismo instante de abrir las puertas. En una ocasión David y yo encontramos un círculo de hadas todavía reciente.

Hay una forma de enterarse del baile de las hadas antes que se celebre. Todos conocéis esas tablillas que indican el horario de la Hora de Cierre de los Jardines. Pues bien, las astutas hadas cambian a veces la tablilla con mucho disimulo la noche de baile, de tal forma que advierta que los Jardines se cierran a las cinco y media en lugar de las seis, por ejemplo. Esto les permite empezar media hora antes.

Si una de esas noches pudiéramos hacernos los remolones en los Jardines, como consiguió la famosa Maimie Mannering, podríamos ver cosas muy deliciosas: cientos de hadas que van de prisa al baile, las casadas con sus anillos de boda alrededor de la cintura; los caballeros, de uniforme, y sosteniendo la cola del vestido de las damas, y, más delante, los pajes, que llevan los alquequenjes, que son los faroles de las hadas. Veríamos el guardarropa, donde se ponen sus chinelas de plata, y cómo dan propina cuando dejan sus abrigos; las flores, que vienen en caravana desde el Paseo de los Niños, y se ponen a mirar y a gozar del espectáculo, y siempre son bien acogidas, pues pueden ofrecer broches; la mesa preparada para la cena presidida por la reina Mab, y, detrás de ella, el gran chambelán, que lleva en la mano una boca de león, sobre la que sopla cuando su majestad le pregunta la hora.

El mantel varía según las estaciones; en mayo está hecho de flores de castaño. El sistema que emplean los criados de las hadas se hace de la siguiente manera: unos veinte camareros se suben a los árboles, sacuden las ramas y caen las flores como copos de nieve. Luego las camareras las recogen, agitan las faldas hasta que las flores se amasan en forma de tela, y así hacen el mantel.

Tienen vasos de verdad y vino de verdad, de tres clases distintas: vino de endrinas, vino de agracejo y vino de vellorita, pero las botellas son tan pesadas, que la reina sólo finge servir. De aperitivo hay pan con mantequilla, en bocaditos tan pequeños como una moneda de tres centavos, y, como postre, pasteles tan chiquitos, que no sueltan migas. Las hadas se sientan alrededor, en las setas, y al principio se portan muy bien, por ejemplo, poniéndose la mano delante de la boca cuando tosen, y cosas así; pero al cabo de poco rato ya no se comportan tan bien y meten el dedo en la mantequilla, que se saca de las raíces de viejos árboles. Incluso las maleducadas caminan a cuatro patas por el mantel buscando azúcar y otras golosinas para lamer con la lengua.

Cuando la reina ve estas cosas, indica a los camareros que quiten los platos y recojan todo, y entonces todos pasan a la danza. La reina abre el cortejo, seguida del gran chambelán, que lleva dos vasos pequeños, uno contiene zumo de alhelí, y otro, zumo de díctamo. El zumo de alhelí es bueno para reanimar a los bailarines que se caen al suelo extenuados, y el zumo de díctamo vale para las contusiones, que suelen ser frecuentes. Y, cuando, más tarde, Peter toca de prisa, cada vez más de prisa, bailan sin parar hasta que caen al suelo extenuadas. Porque, como sabréis, aunque no os lo haya dicho, Peter Pan es la orquesta de las hadas. Se sienta en el centro del círculo, y ellas no podrían imaginar un baile importante sin él. En una esquina de las invitaciones, que se envían a las mejores familias, aparecen dos iniciales "P P". Las hadas se presentan en sociedad en el segundo cumpleaños, aunque cumplen años cada mes. Estas son personitas muy agradecidas, y, en la presentación en sociedad de la princesa, ofrecieron a Peter la posibilidad de satisfacer su deseo más secreto.

Ocurrió así: la reina le ordenó que se arrodillase y luego le dijo que, por haber tocado tan bien, satisfaría su deseo más secreto. Entonces todos se agruparon alrededor de Peter para oír cuál era su mayor deseo, pero estuvo mucho tiempo dudando, porque ni él mismo lo sabía.

—Si escogiese volver junto a mi madre —dijo por fin—, ¿podrías satisfacer ese deseo?

Esta pregunta les irritó, pues, si regresaba con su madre, tendrían que renunciar a su música; así que la reina torció la nariz desdeñosamente y dijo:

—¡Bah, puedes expresar un deseo más grande! —¿Es un deseo pequeño? —preguntó.

—Así de pequeño —contestó la reina, juntando los dedos para mostrar lo pequeño que era.

—¿De qué tamaño es un deseo grande? —volvió a preguntar.

La reina lo midió con su falda, y era bastante largo. Entonces Peter reflexionó y dijo:

—Pues bien, entonces creo que sería mejor que me concedierais dos deseos pequeños en lugar de uno grande.

Naturalmente, las hadas no tuvieron más remedio que aceptarlo, aunque la propuesta les dejó asombradas, y Peter les dijo que su primer deseo era regresar junto a su madre, pero conservando el derecho de volver a los Jardines, si no quedaba satisfecho. Se reservaba su segundo deseo. Trataron de disuadirle, e incluso pusieron obstáculos en su camino.

—Puedo darte la facultad de volar hasta tu casa —le dijo la reina—, pero no puedo abrirte la puerta.

—Seguramente estará abierta la ventana por la que salí —replicó Peter con confianza—. Mamá siempre la tiene abierta de par en par con la esperanza de que un día volveré.

—¿Cómo lo sabes? —le preguntaron las hadas sorprendidas, aunque Peter no fue capaz de explicar cómo lo sabía.

—Lo sé —dijo sencillamente.

Y, como insistía en su deseo, tuvieron que ceder. Para darle la facultad de volar hicieron así: todas le frotaron los hombros e inmediatamente sintió en aquel punto un curioso hormigueo, y se fue elevando cada vez más hacia arriba, y salió volando de los Jardines por encima de los tejados de las casas.

El hecho era tan maravilloso, que, en lugar de volar en línea recta hacia su casa, fue planeando desde la catedral de San Pablo hasta el Crystal Palace y vuelta, luego a lo largo del río y por Regent's Park, y, cuando llegó a la ventana de su madre, ya había decidido que su segundo deseo sería convertirse en pájaro.

La ventana estaba abierta de par en par, como él se la había imaginado, así tenía que ser, y entró volando y encontró a su madre durmiendo. Peter se posó suavemente en la barandilla de madera a los pies de la cama y se quedó mirándola durante un buen rato. Estaba echada con la cabeza apoyada en la mano, y el hueco del almohadón parecía un nido forrado con su cabello oscuro y rizado. Recordó, aunque lo había olvidado durante mucho tiempo, que su mamá por la noche soltaba los cabellos, les daba vacaciones. ¡Qué bien le sentaban los volantes del camisón! Se alegró mucho de tener una madre tan guapa. Pero parecía triste, y él sabía por qué estaba triste. Movió un brazo como si quisiera abrazar algo, él sabía muy bien qué quería abrazar.

"¡Ay, mamá", se dijo, "si supieras quién está sentado a los pies de tu cama!"

Acarició, rozando apenas, el montecito hecho con sus pies, y pudo apreciar por la expresión de su rostro que le agradaba mucho. Peter sabía que habría bastado decir: "¡Mamá!", muy bajito, para despertarla. Las madres se despiertan inmediatamente cuando las llamáis por su nombre. Entonces se le escaparía un grito de alegría y le abrazaría con todas sus fuerzas. Habría sido muy agradable para él, y, sobre todo, inmensamente hermoso para su mamá. Temo que Peter consideraba la cosa así. Al volver con su madre, no dudaba de que se trataba del mejor regalo que se puede hacer a una mujer. No hay nada más hermoso que tener un hijo nuestro. ¡Qué orgullosas están las madres con sus hijos! Y es sin duda justo y natural.

Pero ¿por qué se demoraba Peter a los pies de la cama? ¿Por qué no le decía a su madre que había vuelto?

Me sobrecoge la verdad, pues, mientras tanto se estaban enfrentando dos sentimientos. A veces miraba a su madre afligido, y a veces miraba afligido la ventana. En realidad, le sería agradable volver a ser su hijo, pero, por otra parte, ¡qué días más maravillosos había pasado en los Jardines! ¿Estaba seguro de que le gustaría volver a llevar vestido? Saltó de la barandilla de la cama y abrió algunos cajones para echar un vistazo a sus viejas ropas. Seguían allí, pero ya no recordaba cómo se ponían. Por ejemplo, ¿los calcetines se ponían en los pies o en las manos? Iba a probarse uno en la mano, cuando le ocurrió una hermosa aventura. Quizá había crujido el cajón, el caso es que su madre se despertó, porque él le oyó decir: " ¡Peter! ", como si fuera la palabra más hermosa del mundo. Se quedó sentado en el suelo, conteniendo la respiración y preguntándose cómo habría sabido que había vuelto. Si repetía la palabra "¡Peter!", estaba convencido de que iba a gritar "¡Mamá!" y correría hacia ella. Pero no volvió a hablar, y, cuando, una vez, se puso a mirarle a escondidas, estaba dormida con unas lágrimas que le corrían por la cara.

Esto hizo que Peter se sintiera muy triste. ¿Y no sabéis lo primero que se le ocurrió? Sentado en la barandilla a los pies de la cama, tocó con su flauta una bonita nana para su madre. La había compuesto con el ritmo que ella había dicho "¡Peter!", y no dejó de tocarla hasta que la vio feliz.

Y le pareció tan bonito lo que se le había ocurrido, que a duras penas pudo contenerse para no despertarla y oírle decir: "¡Peter, qué bien tocas!" Sin embargo, como ya no se sentía tan feliz, empezó de nuevo a echar ojeadas a la ventana. No vayáis a creer que estaba pensando en irse volando y no volver jamás. Había decidido ser el hijo de su madre, pero estaba dudando si empezar ya esa noche. Le preocupaba su segundo deseo. Ya no quería convertirse en pájaro, pero le parecía un derroche no pedir un segundo deseo, y, naturalmente, para conseguir que le fuera concedido, tenía que regresar con las hadas. Además, podría perderse en el sueño de los tiempos, si tardaba mucho en pedirlo. Por otra parte, se preguntaba si no habría sido de mala educación irse sin decir adiós a Salomón.

"Me gustaría mucho navegar una vez más en mi barco", dijo con nostalgia a su madre dormida. Discutía con ella, como si pudiera oírle. "Sería maravilloso contarles a los pájaros esta aventura", dijo para convencerla. "Te prometo que volveré", añadió solemnemente, y lo creí así.

Y por fin, como era previsible, se echó a volar. Volvió dos veces a la ventana, pretendiendo besar a su madre, pero temió despertarla y decidió interpretar un hermoso beso con su flauta, e inmediatamente después se fue volando a los Jardines.

Pasaron muchas noches, incluso meses, sin pedir a las hadas su segundo deseo. Y, en realidad, no sé con certeza por qué lo retrasó tanto.

Una de las razones era por tener que decir adiós no sólo a tantos buenos amigos, sino también a cientos de lugares muy queridos. Luego emprendió una última travesía, a continuación la ultimísima, y más tarde la definitiva, y así en todas las cosas. Se celebraron, una vez más, gran cantidad de fiestas de despedida en su honor.

Además existía otra razón muy cómoda: a pesar de todo, no corría tanta prisa, ya que su madre nunca se cansaría de esperarlo. Esta última razón no gustó nada al viejo Salomón, que animaba a los pájaros a que lo retrasaran. Salomón tenía varios lemas excelentes para mantenerlos siempre ocupados: "No dejes para mañana lo que puedas hacer hoy", o "En este mundo no hay segundas oportunidades", y Peter se había demorado con una total despreocupación, sin que la experiencia le hubiera pasado factura. Los pájaros se hicieron señales unos a otros sobre el particular y se convirtieron en unos vagos.

Pero no olvidéis que, aunque Peter se retrasaba en volver con su madre, estaba completamente decidido a regresar. La mejor prueba de ello era su precaución con las hadas. Lo que más les gustaba a ellas era que se quedara en los Jardines para que siguiera tocando, y por eso le provocaban para que dijera frases como "Me gustaría que la yerba no estuviese tan húmeda", y a veces alguna bailaba desacompasadamente para que él exclamara: "Desearía que bailaras al compás". Entonces habrían podido decir que ya había formulado su segundo deseo. Pero descubrió sus planes, y, aunque en alguna ocasión empezó a decir "Desearía.."., siempre supo interrumpirse a tiempo. De esta forma, cuando por fin les dijo con valentía: "Ahora desearía volver con mi madre para siempre", no tuvieron más remedio que frotarle los hombros y dejarle que se fuera.

Al final le entró prisa, porque había soñado que su madre estaba llorando, y él sabía por qué lloraba, y un abrazo de su adorado Peter le devolvería la sonrisa. ¡Estaba tan seguro de ello y tenía tantas ganas de cobijarse entre sus brazos, que esta vez voló directamente hacia la ventana que siempre estaba abierta, esperándolo!

Pero la ventana estaba cerrada y, además, tenía rejas. Al mirar dentro, vio que su madre dormía pacíficamente con otro niño pequeño entre sus brazos.

Peter gritó: "¡Mamá, mamá!", pero ella no lo oyó. En vano golpeó con sus pequeñas manos contra las rejas. Tuvo que volver sollozando a los Jardines, y ya no volvió a ver a su querida mamá.

¡Qué niño más estupendo había pensado ser para ella! ¡Ay, Peter! Los que hemos cometido un grave error, ¡de qué forma más distinta nos comportamos en una segunda oportunidad!

Salomón tenía razón: no hay segundas oportunidades para la mayoría de nosotros. Cuando llegamos a la ventana, es la Hora de Cierre. Y nos encontramos con las rejas.

V.- La Casita

Todo el mundo ha oído hablar de la Casita de los jardines de Kensington, la única casa del mundo que han construido las hadas para una criatura humana. Pero nadie la ha visto nunca, excepto tres o cuatro personas, que no sólo la han visto, sino que incluso han dormido en ella. Y es que, si no se duerme dentro, no se puede ver. La razón es muy sencilla: en el momento de acostarse la Casita no existe, pero está allí, cuando os levantáis y salís fuera.

En cierto sentido todos pueden verla, pero lo que se ve no es realmente la Casita, sino sólo la luz de las ventanas. Aquella luz sólo se ve después de la Hora de Cierre.

David, por ejemplo, la vio una vez con mucha claridad a lo lejos, entre los árboles, al salir del teatro de las marionetas; Oliver Bailey la vio la tarde que se retrasó en Temple, nombre de la oficina de su papá. Ángela Clare, a quien no le importa nada que le quiten un diente, porque después le llevan a una pastelería a tomar el té, ha visto más de una luz, centenares de luces juntas. Deben ser las hadas que construyen la Casita, porque la construyen todas las noches y cada vez en un lugar distinto de los Jardines. Le pareció que una de las luces era más grande que las demás, aunque no estaba muy segura, porque las luces saltaban continuamente de un sitio a otro, y habría sido difícil asegurar que la más grande era una y no otra. Si era la misma, debía ser la luz de Peter Pan. Un montón de niños han visto esa luz, no tiene mucha importancia. Pero, para Maimie Mannering, se trataba de algo muy distinto. Estamos hablando de la famosa niña para la que construyeron la Casita la primera vez.

Maimie siempre había sido una niña algo extraña, mejor dicho, era extraña de noche. Tenía cuatro años, y durante el día era una niña como las demás. Cuando su hermano Tony, un pícaro niño de seis años, jugaba con ella, se sentía feliz; le dirigía una mirada de complicidad e intentaba en vano imitar sus proezas. Si la empujaba, se sentía más complacida que contrariada. Dejaba de jugar con la mayor naturalidad del mundo, incluso con la pelota en el aire, simplemente para enseñarle sus bonitos zapatos nuevos. De día era igual que las otras niñas.

Pero, al acercarse las sombras de la noche, Tony, el fanfarrón, ya no despreciaba a Maimie, sino que la miraba con respeto. No es de extrañar, porque en la oscuridad aparecía en el rostro de la niña una mirada que sólo se podría definir como una mirada penetrante. Había en aquella mirada también cierta serenidad que contrastaba extrañamente con la actitud inquieta de Tony. Entonces él le regalaba sus juguetes favoritos (que siempre le quitaba a la mañana siguiente) y ella los aceptaba con una sonrisa perturbadora. En pocas palabras, la razón de las carantoñas de él y la actitud enigmática de ella era que sabían que poco después les iban a mandar a la cama. En ese momento Maimie se volvía insoportable. Tony le suplicaba, entonces, que le dejara en paz al menos una noche; mamá y la niñera negra la amenazaban; y, como única respuesta, Maimie seguía sonriendo de manera inquietante. Poco después, ya solos y a media luz, se levantaba de la cama exclamando:

—Oye, ¿qué es ese ruido?

Tony la suplicaba:

—¡No es nada! ¡Maimie, déjame en paz!

Y se echaba la sábana por encima de la cabeza. Pero ella insistía de nuevo:

—¡Ya se acerca! ¡Mira, Tony! ¡Está tocando tu cama con los cuernos... mueve las mantas y te está buscando! ¡Tony, Tony!...

Y no cesaba de pronunciar su nombre hasta que el pequeño se precipitaba en pijama escaleras abajo gritando. Cuando subían a darle unos azotes, por regla general encontraban a Maimie plácidamente dormida, y no es que lo disimulara, no, estaba realmente dormida como un angelito; lo que me parece que pone las cosas todavía peor.

De día iban a los Jardines de Kensington, y entonces Tony estaba casi siempre hablando. De lo que decía se podía deducir que se trataba de un chico muy valiente y nadie se sentía tan orgullosa como Maimie. Le habría gustado llevar un letrerito en que se leyera que era su hermano. Y su admiración alcanzaba las estrellas, cuando su hermano le declaraba (y lo hacía a menudo con maravillosa firmeza) que un día se quedaría en los Jardines, después de cerrar las puertas.

—¡Ay, Tony —replicaba ella con mucho respeto—, pero las hadas se enfurecerán muchísimo!

—No me importa —respondía Tony con gesto despectivo.

—Tal vez —replicaba ella con excitación— Peter Pan te permita dar una vuelta con su barquita.

—Más le vale —replicaba Tony.

No hay que extrañarse, pues, de que Maimie

estuviera tan orgullosa de su hermano.

Pero no deberían haber hablado tan alto, porque una vez les oyó un hada que estaba recogiendo esqueletos de hojas, con los que esa gente diminuta teje las tiendas de verano, y a partir de ese momento fue un niño fichado. Ensanchaban las barras de los bancos poco antes de que se sentara, así que se caía al suelo de espaldas; le hacían tropezar cogiéndole del cordón de un zapato y se confabulaban con las ánades para que hundieran sus barcos.

Casi todos los desagradables incidentes que os suceden en los Jardines vienen de la malevolencia de las hadas. Por eso, conviene estar muy atentos a lo que se dice de ellas.

Maimie era de esas personas a las que les gusta fijar día y hora para hacer las cosas que tienen que hacer; Tony, en cambio, no era así, y a su hermanita, que le preguntaba qué día se quedaría en los jardines después de la Hora de Cierre, solía responderle: "Un día u otro..". Era siempre muy evasivo, a no ser que Maimie insistiera: "¿Será hoy?" En este caso solía responder siempre que no. Tony esperaba una buena ocasión.

Y así hemos llegado a una tarde de invierno, con los Jardines blancos de nieve y el Estanque Redondo cubierto de hielo, no tan sólido que se pudiera patinar, pero sí lo suficiente para ser destrozado al día siguiente con un acertado lanzamiento de piedras, y precisamente muchos chiquillos estaban alegremente haciendo eso.

Cuando llegaron Tony y su hermana, quisieron ir directamente al estanque, pero la niñera india replicó que antes tenían que dar un largo paseo, y, al decir esto, echó una ojeada al cartelito del horario para ver a qué hora se cerraban los Jardines.

En el cartelito estaba escrito: "A las cinco y media". ¡Pobre niñera! Era una de esas personas que no dejan de reírse porque hay demasiados niños blancos en el mundo. Pero aquella tarde no se reiría mucho.

Bien, los tres recorrieron varias veces el Paseo de los Niños; y, cuando estuvieron de nuevo ante el cartelito del horario, la niñera se sorprendió al ver que la Hora de Cierre era a las cinco. Pero la niñera no conocía los astutos trucos de las hadas, y no advirtió, cosa que hicieron Tony y Maimie, que habían cambiado la hora, porque aquella noche había baile. La pobrecita dijo que ya sólo quedaba tiempo para ir hasta la Chepa y volver, y, mientras los niños trotaban a su lado, no se imaginaba los pensamientos que se agitaban en sus cabecitas. Y es que finalmente se había presentado la ocasión de presenciar un baile de las hadas. Jamás se presentaría una ocasión como aquélla, o por lo menos Maimie pareció captar a su hermano ese pensamiento. Ella misma lo sentía con mucha intensidad. Sus ojos ansiosos le hicieron la acostumbrada pregunta: "¿Será hoy?"

Él se quedó sin aliento e hizo señal de que sí. Maimie agarró con su manita tibia la mano helada de Tony. Luego hizo algo muy gentil: se quitó la bufanda y se la dio: "Por si tuvieras frío", le susurró. Su carita estaba radiante, y la de Tony, por el contrario, parecía oscura.

En la cima de la Chepa, mientras daban la vuelta, él le susurró:

—Tengo miedo de que me vea la niñera, creo que voy a tener que dejarlo.

Maimie lo admiró más que nunca, porque sólo tenía miedo de la niñera, cuando hay muchas cosas terribles y desconocidas de las que uno debe tener miedo. Dijo bien alto:

—Tony, echemos una carrera para ver quién llega antes a la puerta —.Y añadió bajito—: Así puedes esconderte —.Y echaron a correr.

Tony siempre la dejaba atrás con facilidad, pero nunca lo había visto correr con tanta velocidad: estaba segura de que ganaba tiempo para esconderse. "¡Qué valiente eres!", gritaban sus ojos, llenos de ternura.

Pero de repente sintió algo terrible. ¡En lugar de esconderse, su héroe salió corriendo por la puerta! Ante tan desagradable espectáculo, Maimie se detuvo desconcertada: en un instante había perdido los tesoros más queridos; y tanto le devoraba el desdén, que no tuvo que reprimir ningún gemido. En un ímpetu de protesta contra todos los cobardes o lloricones de este mundo, corrió hacia el pozo de San Govón y se escondió allí, en lugar de Tony.

Cuando la niñera llegó a la puerta y vio a Tony a lo lejos, pensó que también la niña estaría con él y salió. Cayó la tarde sobre los Jardines y centenares de personas se acercaron a la salida; por fin salió la última de prisa. Pero Maimie no la vio. Tenía los ojos rabiosamente cerrados y derramaba en silencio lágrimas de pasión. Cuando los abrió, un escalofrío subió por piernas y brazos hasta el corazón: era la inmovilidad de los Jardines. Luego oyó un clang, y más lejos otro clang, y otros cada vez más lejanos. Cerraban las puertas.

Apenas desvanecido a lo lejos el último clang, Maimie oyó claramente una voz que decía:

—¡Hala, ya está!

Tenía un tono leñoso y parecía como si descendiera de lo alto. La niña alzó los ojos a tiempo para divisar un olmo, que estaba estirando los brazos y bostezando.

Estaba en un tris de decir: "No sabía que usted hablara", cuando una voz metálica, que parecía venir del balde colgado en el pozo, exclamó en dirección al olmo:

—Supongo que hará frío allá arriba. El olmo respondió:.

—No mucho, pero uno se queda entorpecido cuando tiene que estar tanto tiempo sobre una pierna—. Y sacudió sus brazos vigorosamente, como hacen los cocheros antes de comenzar su jornada.

Maimie se sorprendió bastante, al darse cuenta de que muchos otros árboles estaban realizando los mismos movimientos. Muy calladita, se escurrió hacia el Paseo de los Niños y se acostó bajo un agrifolio de Menorca, que se encogió de hombros, pero no pareció percatarse de ella.

Maimie no tenía ni pizca de frío. Vestía un abrigo rojizo y una capucha que le dejaba al descubierto sólo la graciosa carita y los rizos. Todo su cuerpecito estaba bien escondido entre tanta ropa de abrigo, que le daba una forma de pelota. Tenía una cintura de catorce pulgadas.

En el Paseo de los Niños estaban sucediendo cosas interesantes, y Maimie llegó en el momento en que una magnolia y un abro atravesaban el recinto y se disponían a dar un buen paseo. Naturalmente se movían más bien a saltitos, pero esto se debía a que usaban muletas. Un saúco atravesó el Paseo cojeando y se puso a charlar con jóvenes melocotoneros, y todos se ayudaban con muletas, que no eran más que los palos colocados para sostener los arbustos y las plantas jóvenes. Maimie lo conocía bien, pero hasta entonces nunca pudo imaginar para qué servían.

Echó una ojeada furtiva al Paseo y vio a la primera hada. Era muy granuja, pues iba corriendo paseo arriba y cerrando los sauces llorones. Resultaba divertido: apretaba una especie de muelle escondido en el tronco, y entonces estos se cerraban como un paraguas, recubriendo de nieve las pequeñas plantas que había debajo.

—¡Qué tipo más impertinente! —gritó Maimie indignada, porque sabía muy bien qué siente uno cuando le gotea un paraguas en las orejas.

Afortunadamente, el granuja estaba muy lejos para poderla oír, pero la oyó un crisantemo, y exclamó:

—¡Ea!, ¿quién anda por ahí?

La pregunta era tan explícita, que tuvo que salir y dejarse ver. Y, entonces, todo el reino vegetal se quedó perplejo y sin saber qué hacer.

—Evidentemente, no es asunto nuestro —manifestó un bonetero, tras cuchichear un buen rato—, pero sabes muy bien que no deberías estar aquí, y quizá sea nuestra obligación contárselo a las hadas. ¿Tú qué crees?

—Creo que no debéis hacerlo —replicó Maimie, y los dejó tan pasmados, que dijeron con toda petulancia que no tenían por qué discutir con ella.

—No os lo pediría —añadió la niña—, si pensara que no es justo.

Y, tras una afirmación de este tipo, no encontraron nuevas excusas, y entonces refunfuñaron algo así como "Bueno, bueno... en el fondo...", y "¡Así es la vida!", porque suelen ser tremendamente sarcásticos. Pero a la niña le daban muchísima pena los árboles sin muleta, y propuso gentilmente:

—Antes de ir al baile de las hadas, me gustaría llevarles a dar un paseo, de uno en uno, por turnos. Podéis apoyarse en mí.

Al oír esto, los árboles aplaudieron y la pequeña los acompañó, de uno en uno, por el Paseo de los Niños, sosteniéndolos con sus brazos, y a los más frágiles también con sus manos, poniendo en el debido lugar su pierna, cuando se movían desgarbadamente, tratando con la misma cortesía a los árboles extranjeros que a los ingleses, aunque no entendía ni una palabra de lo que le decían.

En conjunto, se comportaban educadamente, aunque alguno se quejara de que no lo llevara tan lejos como a Nancy o a Grace o a Dorothy, y algún otro la arañase, sin querer, claro; ella era demasiado señora para quejarse.

Todos aquellos paseos le habían cansado un poco, y no veía la hora de ir al baile, porque ya no tenía miedo. Si ya no tenía miedo, era porque había caído la noche y, en la oscuridad, como ya sabéis, Maimie se sentía más bien rara.

Ahora los árboles eran reacios a dejarla marchar, y así se lo comunicaron.

—Si te ven las hadas, saldrás mal parada: te matarán a puñaladas o te obligarán a hacer de niñera, o te convertirán en algo aburrido, por ejemplo, en una encina siempre verde.

Y, al decir esto, levantaron los ojos con afectada compasión a una encina de hoja perenne, porque en invierno los árboles son muy envidiosos de los que están siempre verdes.

—¡Oh! —replicó la encina con sarcasmo—.

Es una delicia estar aquí abotonada hasta el cuello y vernos a vosotras, pobres criaturas desnudas, temblando de frío.

Se lo habían buscado, pero la respuesta las puso de mal humor, y por eso describieron a los ojos de Maimie un cuadro muy hosco de los peligros que le esperaban, si insistía en su deseo de ir al baile.

Un nogal rojizo le informó que la corte no estaba de buen humor, porque el corazón del duque de las Margaritas de Navidad hacía sufrir a todos. Era un hada oriental, afectada de una terrible enfermedad: incapacidad de amar, y, aunque lo había intentado con muchas jóvenes en muchos países, nunca había conseguido enamorarse. La reina Mab, que ostentaba el gobierno de los Jardines de Kensington, había esperado confiadamente que una u otra de sus doncellas lo hubieran conquistado, pero, desgraciadamente, decía el doctor que el corazón del duque seguía frío. Este doctor, un tipo antipático, médico de su alteza, auscultaba con delicadeza el corazón cada vez que le presentaban a una joven y, moviendo la cabeza, repetía siempre lo mismo: "¡Frío, muy frío!" Naturalmente, la reina Mab estaba desesperada, e intentó buscar remedio. Ordenó a la corte nueve minutos de lágrimas, luego reprendió a los cupidos, es decir, a los amorcitos, y decretó que se pusieran los gorritos de payaso hasta que consiguieran enternecer el corazón helado del duque.

—¡Cuánto me gustaría ver a los Cupidos con sus graciosos gorros de payaso! —gritó Maimie, corriendo en su búsqueda. Pero eso era una imprudencia, porque los Cupidos no soportan que se rían de ellos.

Siempre resulta fácil descubrir dónde tiene lugar un baile de hadas: cintas larguísimas unen el lugar con los puntos más poblados de los Jardines, para que los invitados, caminando por encima, no se ensucien los zapatos de cal. Aquella noche las cintas eran rojas y resaltaban mucho sobre el blanco de la nieve.

Maimie caminó por una de ellas unos centenares de metros sin encontrar ni un alma, cuando por fin vio que se acercaba un cortejo de hadas, y, muy extrañada, le pareció que volvían del baile, y la niña apenas tuvo tiempo de esconderse. Se arrodilló y extendió los brazos, como si fuera una silla de jardín. Venían seis caballeros delante y otros tantos detrás; en el centro caminaba una dama con un vestido de larga cola, que sostenían dos pajes, y en la cola, como si de una carroza se tratara, estaba acostada una encantadora niña, porque así viajaban las hadas aristocráticas. La niña iba vestida de lluvia dorada, pero la parte más atractiva era el cuello, de color azul, y tenía la morbidez del terciopelo, y hace destacar naturalmente todo el esplendor de un collar de diamantes, como no podrían destacar en un cuello blanco. Las hadas de alto linaje consiguen este admirable efecto, pinchándose en la piel. La sangre azul que sale tiñe su cuello, y no se puede imaginar nada más deslumbrante, a no ser que hayáis visto los bustos en terciopelo en los escaparates de las joyerías.

Maimie notó, además, que las personas del cortejo parecían estar enfurecidas, y arrugaban tanto la nariz, que no era recomendable ni siquiera para las hadas. Y Maimie llegó a la conclusión de que aquello debía ser otro caso en el que el doctor había dicho: " ¡Frío, muy frío!"

Mientras tanto Maimie siguió por la cinta

hasta el lugar en que se levantaba un puente sobre un charco de fango. Había caído dentro un hadita, que no podía salir. En un primer momento, la pequeña damisela tuvo miedo de Maimie, quien gentilmente acudió en su auxilio, pero luego se animó y, sentada en su mano, parloteaba muy contenta, contaba que se llamaba Brownie y explicaba que estaba acercándose al baile para probar suerte con el duque, aunque ella fuera solamente una pobrecita cantante de la calle.

—Es verdad —añadió con sencillez— que no hay nada de extraordinario en mí, pero...

Esta observación disgustó un poco a Maimie, porque en realidad la pobre criatura era un tipo más bien corriente y muy poco atractivo para ser un hada.

Era difícil saber qué responder.

—Me parece que tú también piensas que no tengo ninguna probabilidad, ¿verdad? —

preguntó ansiosamente Brownie.

—No digo eso —respondió Maimie con educación—. Tu rostro es un poquito..., sí... un poco corriente, pero...

Realmente la situación era embarazosa.

Luego recordó la historia de su padre en la feria. Había ido a una feria de beneficencia, donde al segundo día podían verse por media corona las mujeres más guapas de Londres, y, cuando volvió a casa, en vez de desilusionarse al encontrarse con la mamá de Maimie, había exclamado:

—¡No puedes imaginarte, querida, qué alivio ver de nuevo una cara corriente!

Maimie repitió esta historia, que reforzó inmensamente la confianza de Brownie. Ya no tenía la más mínima duda de su éxito con el duque.

Corrió a lo largo de la cinta, y gritaba a Maimie que no la siguiera, temiendo que la reina pudiera tratarla mal.

Pero una insaciable curiosidad seguía apremiando a Maimie, y pronto, junto a los siete castaños españoles, sus ojos entrevieron una luz maravillosa. Se agachó para acercarse y se quedó expiando detrás de un seto.

La luz, que estaba a la altura de la cabeza de un niño, se componía de miríadas de lucecitas apretadas entre sí para formar un deslumbrante dosel sobre el círculo de las hadas. Miles de seres diminutos asistían al baile, pero estaban en la sombra y hasta parecían descoloridos comparados con las espléndidas criaturas que se encontraban dentro del círculo luminoso, tan resplandeciente, que Maimie no tenía más remedio que cerrar los ojos, deslumbrada cada vez que miraba.

Era extraño e incluso irritante para ella que el duque de las Margaritas de Navidad pudiera aguantar indiferente las instancias del amor. Y, en cambio, con gran extrañeza e irritación de Maimie, el lúgubre personaje resistía fácilmente, como podía comprenderse por las miradas abatidas de la reina y de la corte (por más que todos disimularan) y de los llantos convulsivos de las hermosísimas damas, a quienes, tras presentarlas para la aceptación, se les rogaba que se alejaran, y por la cara de aburrimiento del mismo duque.

Maimie también conseguía ver al pomposo doctor, que auscultaba el corazón del duque. Oía sus voces de papagayo y sentía una enorme simpatía por los Cupidos, que se habían introducido en los rinconcitos más escondidos con sus gorritos de payaso, e inclinaban las desafortunadas cabecitas ante aquel "¡Frío, muy frío!"

Estaba desilusionada de no ver a Peter Pan, y ahora puedo revelaros también por qué aquella tarde tardaba tanto. Su barco, al atravesar la Serpentina, se había quedado bloqueado entre los hielos, y había tenido que abrirse paso peligrosamente, rompiéndolos con su fiel remo.

Sin embargo, hasta aquel momento las hadas no habían notado su ausencia, pues, oprimidas por negros pensamientos, no tenían ganas de bailar. Cuando están tristes, olvidan todos los pasos de la danza, y vuelven a recordarlos cuando están alegres. David me cuenta que un hada no dice nunca: "Me siento muy feliz", sino que usa la expresión: "Me siento bailarina".

Pues bien, aquella tarde las hadas tenían un aspecto poco bailarín, cuando se oyó entre los espectadores una carcajada: era Brownie, que acababa de llegar, e insistía en que la presentaran al duque.

Maimie alargó el pescuezo hasta lo inverosímil para ver cómo su amiguita salía del paso. En realidad, no tenía muchas esperanzas, y es que nadie podía tenerlas, excepto ella, que estaba totalmente confiada. Condujeron a la hadita ante su gracia, y el doctor, metiendo con desgana un dedo en el corazón del duque (al que podía llegarse por una puertecita que le había hecho en la camisa de diamantes), comenzaba a repetir mecánicamente: "Frío, muy fr..." Pero la voz se le ahogó en la garganta.

—¡Demonios!, ¿qué oigo? —gritó, y primero agitó el corazón, como si se tratara de un reloj averiado, para luego acercar la oreja.

—¡Por todos los diablos del mundo! —volvió a gritar, y una tremenda agitación sacudió a los espectadores. Las hadas se desmayaban a derecha e izquierda.

Todos contenían la respiración y tenían los ojos clavados en el duque, que se encontraba muy asustado; se leía en sus ojos un vivo deseo de huir. Se oyó que el doctor murmuraba:

—¡Que me parta un rayo!

Sin duda, el corazón ardía en llamas, pues el doctor acercó su dedo, e inmediatamente se lo llevó a la boca, como si se hubiera quemado.

Hubo un instante de silencio angustioso. Luego, en voz alta y con obsequiosa inclinación, el médico anunció alegremente:

—Señor duque, tengo el honor de informarle que vuestra gracia se ha enamorado.

No podéis imaginar el efecto de aquellas palabras. Brownie tendió sus brazos al duque, que se precipitó feliz. La reina se echó en brazos de lord chambelán y las damas de la corte en las de sus caballeros, porque la etiqueta ordenaba seguir siempre el ejemplo de la reina. En un momento, se celebraron unos cincuenta matrimonios, porque echarse en los brazos del otro significa en el mundo de las hadas convertirse en esposos. Naturalmente, se requiere también la presencia de un eclesiástico.

Los espectadores brincaban y cantaban de alegría. Se oyó el sonido de las trompas y en el cielo apareció la luna. Miles de parejas apresaron inmediatamente sus rayos como se agarran las cintas en una danza de mayo, y se abandonaron a un frenético baile en torno al círculo de las hadas. Hasta los Amorcitos (algo extraordinario) se arrancaron de la cabeza los gorritos de payasos y los tiraron a lo alto. Entonces apareció Maimie y lo echó todo a perder.

No lo pudo evitar. Loca de alegría por lo afortunada que había sido su amiguita, avanzó unos pasos y exclamó arrebatada:

—¡Brownie, es maravilloso!

Al instante cesaron las danzas, enmudeció

la música y se apagaron las luces: todo sucedió en un abrir y cerrar de ojos, el tiempo que necesitáis para decir: "¡Santo cielo!"

Maimie se sintió en peligro. Recordó demasiado tarde su situación de niña perdida en un lugar donde a ninguna criatura humana le está permitido permanecer entre la Hora de Cierre y la de Apertura. Oyó el alboroto amenazador de la muchedumbre y divisó el flamear de mil espadas sedientas de sangre. Dio un grito de terror y huyó.

¡Y cómo huía! Sus ojos, ciegos de miedo, parecían que se le iban a salir de sus órbitas. Varias veces se cayó extenuada y otras tantas se levantó para continuar la desesperada huida. En su cabecita se atropellaban los íncubos; corría sin saber dónde se encontraba. Sólo estaba segura de una cosa: debía seguir corriendo a costa de su vida. Le pareció seguir corriendo incluso después de haberse desplomado en aquel claro de las Magnolias, donde se quedó dormida. Los copos de nieve que caían en su carita le parecían los besos de mamá, cuando le daba las buenas noches. La fría manta de nieve que la cubría le pareció un suave edredón, y sintió ganas de taparse con él hasta la barbilla. Y confundió el parloteo apagado entre uno y otro sueño con las voces de papá y mamá, que contemplaban su sueño desde la puerta de su habitación. Pero eran las hadas.

Me encanta poderles decir que no pretendían hacerle daño. Al comenzar la huida, rompían el aire gritos como "¡Matadla! ¡Convertidla en algo muy feo!", y otros parecidos. Pero las interminables discusiones para decidir a quién correspondía el mando habían retrasado la persecución, y mientras tanto Brownie se había echado a los pies de la reina y le había pedido una gracia.

Todas las esposas tienen derecho a una gracia, y Brownie pedía simplemente la gracia de la vida de Maimie.

—¡Todo lo que quieras, menos eso! —había respondido duramente la reina Mab.

Y las hadas hicieron eco a coro:

—¡Todo menos eso!

Pero, cuando supieron que Maimie había acudido en auxilio de Brownie, cuando estuvo en dificultad, y le ayudó a asistir al baile, dando de esta manera al reino de Mab brillantísima gloria, lanzaron tres "¡Hurra!" por la niña y se pusieron en marcha como un gran ejército para darle las gracias, poniéndose la corte a la cabeza y el dosel siguiendo sus pasos.

Fue fácil dar con Maimie, gracias a sus huellas en la nieve.

Al encontrarse bajo la manta de nieve en

las Magnolias, no pudieron darle las gracias, porque no hubo forma de despertarla. Entonces realizaron la ceremonia del agradecimiento: el nuevo rey se puso encima de ella, le leyó un largo discurso de bienvenida, del que la niña no oyó ni una sola palabra. Le quitaron la nieve de encima, pero, como en seguida le volvió a cubrir, las hadas temieron que se muriera de frío.

—Convirtámosla en algo a lo que no le afecte el frío —sugirió el doctor, y este consejo pareció acertado; pero, entre las muchas cosas resistentes al frío, la única que se les ocurrió fue el copo de nieve.

—Podría derretirse —observó la reina, por lo que abandonaron la idea.

Un intento de llevarla a un lugar abrigado no prosperó, pues, aunque eran muchas hadas, la niña era muy pesada para ellas.

Cuando los pañuelos de las señoras estaban empapados en lágrimas, los Amorcitos tuvieron una idea genial.

—Construyamos una casa a su alrededor —exclamaron, y les resultó evidente que era lo único que cabía hacer.

En un instante, un centenar de duendes leñadores se extendieron por las ramas; los arquitectos se apresuraron en torno a Maimie para tomar medidas; a los pies de la niña surgió un taller, y la reina quiso inaugurar la obra, presidiendo la colocación de la primera piedra, que trajeron setenta y cinco canteros. Se constituyó un servicio de vigilancia para mantener alejados a los granujas; se levantaron andamios.; el golpear de los martillos y los cinceles y el zumbido de los tornos resonaron en todo aquel lugar. Por fin se construyó el tejado y los cristaleros pudieron colocar las ventanas.

La Casita, que quedó exactamente a medida de Maimie, era encantadora. La niña tenía un brazo extendido, lo que por un instante dejó algo perplejos a los arquitectos, pero se superó pronto el inconveniente con la decisión de construir alrededor una galería que condujera a la entrada principal. Las ventanas no eran más grandes que un libro ilustrado y algo parecido venía a ser la puerta, pero la niña podía salir fácilmente levantando el techo. Según su costumbre, las hadas aplaudieron, felices de su habilidad, y estaban tan enamoradas de su obra, que no resistían a la idea de tenerla terminada. Por eso, aportaron infinidad de pequeños retoques, y, una vez realizados estos, añadieron más.

Por ejemplo, dos de ellas treparon por una escalerita y colocaron la chimenea.

—Desgraciadamente, hemos terminado —suspiraron disgustadas.

—No, no.

Otras dos se apresuraron a subir al tejado para colocar en la chimenea un poco de humo.

—¡Ahora sí que está terminada de veras! —sentenciaron.

—De ningún modo —replicó una luciérnaga—; si la niña se despertara sin encontrar una lamparita de noche, se asustaría. Yo seré su lamparita.

—Espera un momento —intervino un comerciante de porcelanas—, yo te daré un platillo.

—¡Ay, por fin; por fin estaba terminada!

—¡Pues no; todavía no!

—¡Dios mío! —gritó un cerrajero—. ¡La puerta no tiene manilla! —Y colocó una.

Un herrero colocó en la pared una espátula para limpiarse el barro de los zapatos; una anciana señora llegó jadeando con una alfombrita, y unos carpinteros trajeron una cuba para el agua de lluvia, que los decoradores quisieron pintar a toda costa.

—¡Está terminada... terminada!

—¿Terminada? ¿Cómo puede estar terminada —preguntó el fontanero muy enfadado—, si falta agua corriente fría y caliente? —.E instaló agua fría y caliente.

Luego se presentó un regimiento de jardineros, que empujaban carros con azaditas, semillas y plantas y bulbos para los invernaderos. En menos que canta un gallo, a la derecha de la galería surgió un delicioso jardín, y, a la izquierda, un huertecito; rosas y enredaderas treparon muro arriba, y, apenas pasados cinco minutos, todas las plantas florecieron.

¡Qué hermosa estaba la Casita! Pero estaba completamente terminada, irremediablemente terminada. Y las hadas tuvieron que abandonarla y volver al baile. Antes de alejarse, todos le enviaron un beso. Brownie fue la última en irse: se acercó a la pequeña Maimie y dejó caer en la Casita un dulce sueño por la chimenea.

La preciosa Casita pasó toda la noche en el claro de las Magnolias cuidando a Maimie, pero la niña no se dio cuenta de nada. Durmió hasta que no pudo más, y se despertó con una agradable sensación de intimidad, precisamente en el instante en que el alba aparecía en el horizonte, y casi sigue durmiendo; luego se puso a gritar: "¡Tony!", pues creía que se encontraba en casa, en el cuarto de los niños.

Como nadie le respondió, quiso sentarse,

pero dio con su cabecita contra el techo, que se abrió como la tapadera de un puchero. Maravillada, descubrió alrededor la blanca extensión de los Jardines de Kensington sepultados en la nieve. Al no verse en su habitación, se preguntó si era ella realmente la que vivía aquel extraño sueño, y sólo tras haberse pellizcado una y otra vez los carrillos no lo dudó. Comprendió que se había metido en una aventura extraordinaria. Ahora recordaba perfectamente todo, desde el cierre de las puertas al instante en que huyó de las hadas. "Pero, ¿cómo diablos —se preguntó— había podido esconderse en aquella extraña construcción?" Salió por el tejado, atravesó el jardincito, y sólo entonces apareció a sus ojos la espléndida Casita en que había pasado la noche. Tanto se extasió, que cualquier otro pensamiento desapareció de su mente.

—¡Qué bonita! ¡Qué dulce! ¡Es un encanto! —
exclamó.

Tal vez el sonido de una voz humana asustó a
la Casita, tal vez comprendió que su misión había
terminado; el hecho es que nada más hablar Maimie, la graciosa morada comenzó a disminuir,
pero tan despacio, que apenas lo advirtió, hasta
que comenzó a comprobar que pronto sería imposible caber dentro.

La Casita, aunque permaneciera completa en
sus particulares, era cada vez más pequeña, y lo
mismo sucedía con el jardín, aunque la nieve seguía cubriendo todo.

La Casita se había reducido a las dimensio-
nes de una diminuta perrera, luego a las de una
diminuta arca de Noé, y, a pesar de todo, seguían
divisándose el humo, la manilla de la puerta y las

rosas en la pared: no faltaba nada. El brillo de la luciérnaga iba a desaparecer, pero aún permanecía.

—¡No te vayas, amiguita! —rogó con angustia Maimie, cayendo de rodillas.

Y la Casita, aunque tan chiquitita ya como un carrete de hilo, se mantenía completa en todas sus partes.

La niña tenía aún extendidos los brazos en actitud implorante, mientras las encintadas lenguas de nieve, que avanzaban en todas las direcciones, se reunieron. En el lugar donde se había levantado la Casita no quedaba más que una mancha de nieve.

Maimie se pisó caprichosamente un pie e iba a secarse las lágrimas con el dorso de la mano, cuando oyó que una voz amable le suplicaba:

—¡No llores, preciosa criatura humana, no llores! Se volvió y se encontró con la mirada de un chiquillo encantador. Sólo podía ser Peter Pan.

VI.- La cabra de Peter

Maimie se moría de vergüenza; Peter, por el contrario, no sabía qué era eso. —Espero que hayas dormido bien —le dijo muy serio.

—¡Gracias! —respondió ella—. He descansado muy bien y al calorcito. Pero tú —y dirigió una mirada preocupada a su cuerpecito desnudo— ¿no tienes frío? ¿Ni siquiera un tanto así?

l"Frío" era una de las muchas palabras que Peter había olvidado, y respondió:

—Me parece que no, pero puedo equivocarme. Mira, yo soy bastante ignorante. En realidad no soy un chico. Salomón dice que soy Entre Aquí y Allá.

—¡Ah, conque te llamas así! —observó cavilosa Maimie.

—No es que yo me llame así. Me llamo Peter Pan.

—Sí, claro —confirmó ella—. Ya lo sé. Todos lo saben.

No podéis imaginar la alegría de Peter al conocer que todos habían oído hablar de él más allá de las puertas. Suplicó a Maimie que le dijera qué se sabía y qué decían de él. Y la niña consintió en contárselo. Estaban sentados encima del tronco de un árbol. Peter quitó la nieve para que se sentara Maimie, y él se sentó en una esquina donde todavía había nieve.

—Ven más cerquita —le dijo Maimie.

—¿Qué quieres decir? —preguntó él, y la niña se lo explicó con un gesto, que Peter a su vez repitió. Charlaron los dos, y él advirtió que Maimie sabía muchas cosas sobre él, pero no todas. Por ejemplo, no sabía que había vuelto donde mamá y había encontrado la ventana cerrada, pero no se lo dijo a Maimie, porque consideró que aquello era humillante.

—¿Sabe la gente que juego como los niños de verdad? —preguntó orgulloso—. ¡Oh Maimie, díselo a todos, te lo suplico! Sin embargo, cuando contó cómo jugaba, haciendo que el aro se deslizara por el Estanque Redondo y demás, ella se sorprendió.

—¡Tu forma de jugar —dijo mirándolo consternada— está equivocada de la cabeza a los pies, y no se parece nada a como juegan los niños!

Al oír estas palabras, el pobre Peter gimió, y por primera vez desde hacía no sé cuánto tiempo se le saltaron las lágrimas.

Maimie sintió mucha lástima y le ofreció su pañuelo, pero Peter no lo sabía usar. Maimie le enseñó, es decir, se secó sus ojos y se lo devolvió diciendo:

—Ahora hazlo tú.

Pero, en vez de enjugar sus lágrimas, Peter enjugó las de la niña, y ella no le dijo nada: tal vez era mejor dejarle con la ilusión de que había comprendido lo que deseaba.

Llena de ternura hacia él, exclamó:

—Si quieres, te doy un beso. Y, aunque en otros tiempos supiera qué era un beso, ahora lo había olvidado, porque dijo:

—¡Gracias! —. Y extendió la manita, creyendo que quería poner en ella algo.

Maimie se impresionó, pero intuyó que no podía explicárselo sin ofenderle, y le dio un dedal, que casualmente tenía en el bolso, como si se tratara de un beso. ¡Pobre niño! Él lo recogió, y aún hoy lo lleva en el dedo, aunque creo que no hay una persona en el mundo que necesite menos que él un dedal. A pesar de seguir siendo un niño pequeño, hacía muchos años que Peter había abandonado a su mamá, y el bebé que había ocupado su sitio debe ser ya un hombre con bigotes.

Pero por esto no tenéis que pensar que Peter fuera un niño del que había que compadecerse, sino más bien había que admirarlo. La misma Maimie, que sentía tanta lástima de él, comprendió bien pronto que no había motivo. Al oír sus aventuras, los ojos de la niña brillaron de admiración, sobre todo cuando le contó la travesía del lago desde la isla hasta los Jardines en el Nido de Tordo.

—¡Qué cosa más romántica! —exclamó Maimie; pero, al oír esta palabra, que le resultó desconocida, Peter bajó tristemente la cabeza, creyéndose despreciado.

—Creo que Tony nunca habría hecho algo igual, ¿verdad? —preguntó humildemente.

—Nunca —aseguró Maimie—. ¡Habría tenido miedo!

—¿Qué significa "miedo"? —preguntó Peter con ansiedad, creyendo que se trataba de algo maravilloso—. ¡Cuánto me gustaría que me enseñaras a tener miedo, Maimie! —añadió.

—Creo que nadie te lo puede enseñar— respondió ella con admiración, pero Peter atribuyó a la frase un significado muy distinto, es decir, que lo consideraba demasiado tonto para aprender.

La niña le había hablado de Tony y de las picardías que le hacía en la oscuridad para asustarle (pues sabía que eran picardías), pero Peter no le entendió y exclamó:

—¡Cuánto me gustaría ser tan valiente como Tony! Estas palabras la irritaron.

—Tú eres veinte mil veces más valiente que Tony —afirmó—. Eres el chico más valiente que yo haya conocido.

Al principio, Peter no la creyó. Pensaba que Maimie hablaba de broma. Luego se convenció y gritó de alegría:

—Y, si quieres darme un beso —añadió Maimie—, lo puedes hacer.

Peter hizo de mala gana el gesto de quitarse el dedal. Creía que tenía que devolvérselo.

—¡Oh!, no quería decir un beso —se corrigió en seguida Maimie—, quería decir un dedal.

—¿Qué es eso? —preguntó Peter.

—Esto —explicó ella, y le dio un beso.

—Me gustaría muchísimo darte un dedal —dijo muy serio Peter, y la besó. Y siguió besándole una y otra vez hasta que se le ocurrió una idea estupenda—. Maimie —preguntó—, ¿quieres casarte conmigo?

Parecerá extraño, pero Maimie había tenido esa misma idea, y en el mismo instante que él.

—¡Me encantaría! —respondió ella—. ¿Pero habrá sitio para los dos en tu barco?

—Claro que sí, basta que te aprietes contra mí —respondió emocionado.

—¿No crees que se enfadarán los pájaros?

Peter aseguró que los pájaros se sentirían muy felices con su presencia (por mi parte, no habría puesto la mano en el fuego). Añadió que en invierno había pocos pájaros.

—Tal vez pretendan tus vestidos —admitió un poco perplejo. La perspectiva le molestó un poquito.

—Sólo piensan en sus nidos —explicó Peter tratando de disculparlos—, y alguna de tus prendas (al decir esto, acariciaba el cuello de armiño de su abriguito) da mucha envidia.

—No me arrebatarán mi abriguito —dijo ella tajante.

—No —aseguró Peter, sin dejar de acariciarla—, no. ¡Ay, Maimie! —exclamó luego extasiado—, ¿sabes por qué te quiero tanto? Porque eres como un nido precioso.

Esta declaración le produjo un sentido de disgusto.

—Me parece que ahora estás hablando más como un pájaro que como un niño —dijo ella, separándose un poco, y parecía que Peter había recobrado el aspecto de un pájaro—. Después de todo —añadió la niña—, no eres más que un Entre Aquí y Allá.

Él se sintió tan profundamente herido, que Maimie no tuvo más remedio que añadir:

—Pero resulta maravilloso ser así.

—Entonces, ven y sé tú también como yo, Maimie querida —imploró él, y se fueron en busca del barco, porque se acercaba ya la hora de abrir—. Pues no te pareces nada a un nido —le susurró Peter, tratando de contentarla.

—Por otra parte, parecerse a un nido resulta muy bonito —dijo ella, contradiciéndose de forma muy femenina—. Y, aunque no pueda darles mi abriguito, querido Peter, no me disgustaría que hicieran dentro su nido. ¡Imagínate! ¡Un nido en mi cuello, llenito de huevecitos con pintas! ¡Oh, Peter, sería maravilloso!

Luego, mientras se acercaban a la Serpentina, un escalofrío le sacudió a Maimie, y dijo:

—¡Naturalmente, iré a visitar a mamá a menudo, muy a menudo! No le voy a decir adiós para siempre. No, de ninguna manera.

—No, claro —respondió Peter, pero su corazón quería decirle otra cosa, y se lo habría comunicado, si no hubiera tenido miedo ante el pensamiento de perderla.

Le gustaba tanto la niña, que presentía que no habría podido vivir sin ella. "Con el tiempo se olvidará de su mamá y será feliz conmigo", seguía repitiéndose mientras caminaba, y la premiaba con frecuencia dándole dedalitos.

Pero incluso, cuando vio el barco, ante el que se quedó embelesada, Maimie siguió hablando de su mamá con mucho nerviosismo.

—Tú sabes muy bien, Peter —iba diciendo—, que no vendría, si no estuviera segura de poder regresar con mi mamá siempre que quiera. ¡Dime que sí, Peter!

Él se lo aseguró, pero ya no logró mirarla fijamente a los ojos.

—Sí, si estás segura de que tu mamá te seguirá queriendo siempre —añadió con amargura.

—¿Cómo puedes imaginar que mi mamá puede dejar de quererme? —gritó la niña con la carita enrojecida.

—Si no te cierra la puerta... —dijo Peter sombrío.

—La puerta —declaró Maimie— siempre estará abierta, y mamá estará siempre en el umbral esperándome.

—Si estás tan segura, sube —concluyó Peter, no sin crueldad, y ayudó a Maimie a montarse en el Nido de Tordo.

—¿Por qué no me miras? —le preguntó Maimie, cogiéndolo del brazo.

Peter hizo lo que pudo para no mirarla, luego intentó alejarse y por fin saltó a tierra en medio de fuertes sollozos, sentándose muy triste en la nieve.

La niña se le acercó.

—¿Qué te pasa, querido Peter? —preguntaba sorprendida.

—¡Oh, Maimie —exclamó él—, no es muy leal que te lleve conmigo, si sigues pensando en volver! ¡Tú no conoces a las madres! —Y volvió a sollozar como yo.

Entonces le contó su triste historia, y cómo había encontrado la ventana cerrada y con rejas, pero, al oírlo, ella seguía balbuciendo:

—Mi mamá, en cambio, mi mamá...

—Ella hará lo mismo —replicó Peter—. Todas son iguales. Apostaría que ya está buscando otra niña.

Maimie exclamó aterrorizada:

—¡No puedo creerlo! Mira, cuando tú te fuiste, tu mamá no tenía otro niño, pero mi mamá tiene a Tony, y se sienten contentas, cuando tienen uno. Peter replicó amargamente:

—¡Deberías leerlas cartas que recibe Salomón de mamás que tienen seis hijos!

En ese mismo instante oyeron un cric seguido de otro cric, cric. Extraños crujidos llegaban de todas las partes de los Jardines. Era la hora de abrir las puertas, y Peter saltó nerviosamente a la barca. Entonces

Maimie se dio cuenta de que no se iría con él e intentaba con todo el coraje del mundo no llorar. Maimie, sin embargo, sollozaba tristemente.

—¡Y si llego tarde...! —decía muy angustiada—. ¡Oh, Peter, y si ahora tuviera otra niña...!

Él saltó a tierra, como si la niña le hubiera llamado.

—Esta noche iré a verte —prometió abrazándola—, pero ahora corre; creo que aún estás a tiempo.

Le dio un último dedal en la dulce boquita y se tapó la cara con las manos para no verla marchar.

—¡Mi querido Peter! —gritó la niña.

—¡Mi querida Maimie! —gritó el niño atormentado.

Ella se echó en sus brazos, y fue como celebrar un matrimonio al estilo de las hadas. Luego echó a correr. ¡Con qué soltura corrió hasta llegar a las puertas! Peter —podéis creerlo— volvió aquella misma noche a los Jardines, nada más aproximarse la Hora de Cierre, pero no encontró a Maimie, y así estuvo seguro de que había llegado a tiempo. Esperó mucho tiempo que alguna noche volviera, y a menudo le pareció verla esperándolo a orillas de la Serpentina, mientras su barco se acercaba. Pero Maimie no volvió.

Le habría gustado volver, pero tenía miedo de que, si veía una vez más a su querido Entre Aquí y Allá, se habría quedado mucho tiempo con él. Además, ahora la niñera india la seguía con mucha atención. Ella hablaba a menudo de Peter con afecto, y le tejió una tapadera para la tetera.

Un día se preguntaba qué le habría gustado como regalo de Pascua; su mamá tuvo una buena idea.

—Nada —dijo pensativa—, nada le sería tan útil como una cabra.

—¡Podría cabalgar sobre ella, tocando alguna melodía con su flauta! —exclamó entusiasmada Maimie.

—Entonces —preguntó su mamá—, ¿por qué no le regalas tu cabra, con la que asustas a Tony de noche?

—Pero no es una cabra de verdad —objetó Maimie.

—A Tony le parece bastante real —replicó su mamá.

—A mí también me parece terriblemente real —admitió Maimie—. ¿Pero cómo podría regalársela a Peter?

La mamá conocía la forma, y al día siguiente fueron a los Jardines, acompañadas de Tony (un muchacho muy simpático, aunque no podía compararse con Peter), y Maimie entró sola en uno de los círculos de las hadas. Entonces la mamá, que era una señora de mucho ingenio, comenzó:

Hijita mía, dime sin tardar,

¿qué tienes para Peter Pan?

Y Maimie respondió:

Mi cabrita le quiero dar,

mi cabrita para cabalgar.

Y, al decir esto, hizo con los brazos como si esparciera la semilla por el suelo y giró sobre sí misma tres veces.

Y aquí intervino Tony:

Si Peter Pan viniera aquí,

¿no lo vería junto a mí?

En tono solemne, terminó Maimie:

De noche, incluso de día te juro,

que no encontrará más cabras en el futuro.

Además, en una carta dirigida a Peter, que dejó en un lugar oportuno, le informaba del regalo y le rogaba que se dirigiera a las hadas para que transformaran el animal imaginario en una verdadera cabra, que pudiera cabalgar.

Todo salió según sus deseos: Peter encontró la carta y, naturalmente, nada fue tan fácil a las hadas como transformar la cabra imaginaria en una cabra real. Y así, Peter tuvo la cabra con la que cabalga todas las noches por los Jardines, al dulce son de la música de su flauta.

Maimie mantuvo la promesa, y no asustó más a Tony con una cabra, aunque me han dicho que se inventó un nuevo animal.

Siguió dejando a Peter, hasta que se hizo moza, regalos en los Jardines, acompañados de cartitas, en las que le explicaba cómo jugaban los niños con ellos.

Y no es la única persona que hacía estas cosas. El mismo David, por ejemplo, deja regalos en los Jardines; conocemos él y yo los mejores rinconcitos para depositarlos, y, si tenéis mucho interés en saberlo, ya os los enseñaremos. Pero, por el amor del cielo, no nos lo pidáis en presencia de Porthos, que se vuelve loco con los juguetes, y, si descubre el escondite, se los lleva todos.

Aunque Peter se acuerda todavía de Maimie, ahora ya está tan contento como siempre, y a menudo salta de la cabra por pura felicidad, retoza por la hierba y brinca de gozo. ¡Pasa días estupendos! Pero todavía tiene un vago recuerdo de cuando era una criatura humana, lo que le hace especialmente educado con las golondrinas que vienen a visitar la isla.

Esos pájaros son los espíritus de los niños muertos; siempre construyen los nidos en las canalones de las casas, donde habitaron cuando eran criaturas humanas, y a veces quieren entrar por la ventana en las habitaciones. Quizá por esto Peter las quiere más a ellas que al resto de los pájaros.

¿Y la Casita? Todas las noches en las que se lo permiten (es decir, todas menos las que hay baile) las hadas construyen una Casita en previsión de que en los Jardines se haya quedado algún niño perdido. Peter cabalga por los paseos en busca de niños perdidos, y, si encuentra alguno, lo monta en su cabra y se lo lleva a la Casita, y, cuando se despiertan, están dentro y, cuando salen, la ven.

Las hadas construyen la casa sólo porque les resulta muy graciosa, mientras Peter atraviesa los jardines en la cabrita, recordando a Maimie, y también porque le gusta hacer lo que imagina que hacen los niños de verdad.

Pero no creáis que, porque la Casita reluce en algún lugar entre los árboles, no es peligroso quedarse en los Jardines después de la Hora de Cierre. Pues, si alguna hada traviesa os encontrara por allí

durante la noche, os tratará mal, y además os po-
dríais morir de frío y de miedo antes de que Peter
Pan llegue a salvarlos.

A veces ha llegado demasiado tarde; y,
cuando ve que llega tarde, va corriendo en busca
de su remo al Nido de Tordo, cuyo verdadero
uso le enseñó Maimie, y cava una fosa para el
niño, colocando una pequeña lápida, sobre la que
esculpe las iniciales de la pobre criatura. Hace todo esto de prisa, seguro de que los niños de verdad lo hacen así. Os habréis dado cuenta de las pequeñas lápidas, y habréis visto que se encuentran
siempre de dos en dos. Peter las coloca así, porque
cree que de esta forma los niños se sentirán menos
solos.

A mí me parece que el espectáculo más
conmovedor de los Jardines lo ofrecen las lápidas
de Walter Stephen Mattews y de Phoebe Phelps.

Están situadas una junto a otra, en los confines entre la parroquia de Santa María de Westminster y la parroquia de Paddington. Aquí encontró Peter a los dos chiquitines caídos de un cochecito, sin que nadie se hubiera percatado. Phoebe tenía entonces trece meses y Walter probablemente menos, y es que parece que Peter no quiso escribir la edad en las lápidas por delicadeza. Yacen los dos juntitos, con estas sencillas inscripciones: W. St. M. y P. P. 13 m. 1841.

David deposita a veces flores blancas sobre las tumbas de estos inocentes.

¡Qué extraño, sin embargo, resultaría a los padres que fueron corriendo en busca de sus dos niños perdidos, nada más abrir las puertas, encontrarse con aquellas dos delicadas, pequeñas lápidas! Espero que Peter no tenga demasiado trabajo con su remo.

¡Todo me resulta demasiado triste!

Libros Mablaz   Ciencia Ficción y Fantasía

http://librosmablaz.com/

Libros Mablaz CLÁSICOS de Ciencia Ficción recuperados

http://librosmablaz.com/

Libros Mablaz

Narrativa — Relatos

/www.librosmablaz.com/